新文学选集

赵树理选集

开明出版社

作者像

此复希注意　　　赵树理

近几年来□□写生□□朋友们，常要我

谈谈写作经验，可是我一次也没有谈。一个并

非专门写写作的人，写了几个小册子，即使有些

经验，也不过是些生活和其他工作中的经历，

作为写作经验□来谈，我觉得没实际意思。现

在又有几个朋友要我谈，我用上边的理由回答

了他们，他们有人说：「那些经验□也可以谈

谈。大家既然要你谈，你要太固执，人家就要

误会你是摆架子了。」好！我就谈吧！

手　　迹

出版说明

新中国成立不久，中央人民政府文化部就成立了"新文学选集编辑委员会"，负责编选"新文学选集"，文化部部长茅盾任编委会主任，出版总署副署长叶圣陶、中宣部文艺处处长、作协党组书记兼副主席、《文艺报》主编丁玲、文艺理论家杨晦等任编委会委员。"新文学选集" 1951 年由开明书店出版，是新中国第一部汇集"五四"以来作家选集的丛书。

这套丛书分为两辑，第一辑是"已故作家及烈士的作品"，共 12 种，即《鲁迅选集》《瞿秋白选集》《郁达夫选集》《闻一多选集》《朱自清选集》《许地山选集》《蒋光慈选集》《鲁彦选集》《柔石选集》《胡也频选集》《洪灵菲选集》和《殷夫选集》。"健在作家"的选集为第二辑，也 12 种，即《郭沫若选集》《茅盾选集》《叶圣陶选集》《丁玲选集》《田汉选集》《巴金选集》《老舍选集》《洪深选集》《艾青选集》《张天翼选集》《曹禺选集》和《赵树理选集》。

"选集"的编排、装帧、设计、印制都相当考究。健在作家选集的封面由本人题签。已故作家中，"鲁迅选集"四个字选自鲁迅生前自题的"鲁迅自选集"，其他作家的书名均由郭

沫若题写。正文前印有作者照片、手迹、《编辑凡例》和
《序》；"已故作家"的"选集"中有的还附有《小传》，《序》
也不止一篇。初版本为大 32 开软精装本，另有乙种本（即普
及本）。软精装本扉页和封底衬页居中都印有鲁迅与毛泽东的
侧面头像，因为占的版面较大，格外引人注目。毛泽东在《新
民主主义论》中称鲁迅"是文化新军的最伟大和最英勇的旗
手"，"是中国文化革命的主将"，"不但是伟大的文学家，而
且是伟大的思想家和伟大的革命家"，"鲁迅的方向，就是中
华民族新文化的方向"，刊印鲁迅头像是为了突出鲁迅在新文
学史上的权威地位，将鲁迅头像与毛泽东头像并列刊印在一
起，则寄寓着以鲁迅为代表的"五四"新文学发展的最终方
向，就是走向 1942 年以后的文艺上的"毛泽东时代"。学习毛
泽东《在延安文艺座谈会上的讲话》，实践毛泽东提出的革命
文艺发展的正确方针，是新中国文学发展的必由之路。

　　"已故作家"中，鲁迅、朱自清、许地山、鲁彦、蒋光慈
五人"因病致死"；瞿秋白、郁达夫、闻一多、柔石、胡也频、
洪灵菲、殷夫七人都是"烈士"，是被反动派杀害的。鲁迅和
瞿秋白是"左联"主要领导人；蒋光慈、洪灵菲、胡也频、柔
石、殷夫都是"左翼作家"。闻一多、朱自清是"民主主义者
和民主个人主义者"，但他们"在美国帝国主义者及其走狗国
民党反动派面前站起来了"，"闻一多拍案而起，横眉怒对国民
党的手枪，宁可倒下去，不愿屈服。朱自清一身重病，宁可饿
死，不领美国的'救济粮'。他们是我们民族的脊梁"，"表现

了我们民族的英雄气概"。① "已故作家"和"烈士作家"选集的出版，"正说明了中国人民的、革命的文学和文化所走过来的路，是壮烈的"②。

"健在作家"中郭沫若位居政务院副总理兼文教委主任，是国家领导人。茅盾"是党的最早的一批党员之一，曾积极参加党的筹备工作和早期工作"，③ 又是新中国的文化部部长、作家协会主席，身份特殊。洪深、丁玲、张天翼、田汉、艾青、赵树理等都是党员作家。叶圣陶、巴金、老舍、曹禺等人在文学上的成就自不待言，又都是我党亲密的朋友，是"进步的革命的文艺运动"（茅盾语）的参与者，是"革命文艺家"④。

"健在作家的作品"，由作家本人编选，或由作家本人委托他人代选。"已故作家及烈士的作品"，由编委会约请专人编选。《郁达夫选集》由丁易编选、《洪灵菲选集》由孟超编选，《殷夫选集》由阿英编选，《柔石选集》由魏金枝编选，《胡也频选集》由丁玲编选，《蒋光慈选集》由黄药眠编选，《闻一多选集》和《朱自清选集》均由李广田编选，《鲁彦选集》由周立波编选，《许地山选集》由杨刚编选。编委会约请

---

① 毛泽东：《别了，司徒雷登》，《毛泽东选集》第4卷，人民出版社1991年版，第1496页。

② 冷火：《新文学的光辉道路——介绍开明书店出版的"新文学选集"》，《文汇报》1951年9月20日第4版。

③ 胡耀邦：1981年4月11日在沈雁冰追悼会上的致词。

④ 冷火：《新文学的光辉道路——介绍开明书店出版的"新文学选集"》，《文汇报》1951年9月20日第4版。

的编选者多为名家，且与作者交谊深厚，对作者的创作及其为人都有深切的了解，能够全面把握作家的思想脉络，准确地阐述其作品的文学史意义。《鲁迅选集》和《瞿秋白选集》则由"新文学选集编辑委员会"编选，规格更高。

这套丛书的意义首先在于给"新文学"定位。《编辑凡例》中说："此所谓新文学，指'五四'以来，现实主义的文学作品而言"；"现实主义是'五四'以来新文学的主流"；"新文学的历史就是批判的现实主义到革命的现实主义的发展过程"。这种独尊"现实主义的文学"的做法，把浪漫主义、象征主义以及意识流小说等许许多多优秀的文学作品挡在"新文学"的门槛之外了，在今天看来不免"太偏"，可在新中国成立伊始的"大欢乐的节日"里，似乎是"全社会"的"共识"。《编辑凡例》还说："这套丛书既然打算依据中国新文学的历史发展的过程，选辑'五四'以来具有时代意义的作品"，使读者"藉本丛书之助"，"能以比较经济的时间和精力对于新文学的发展的过程获得基本的初步的知识"，从而点出了这部"新文学选集"的"文学史意义"：编选的是"作品"，展示的则是"新文学的发展的过程"。把"现实主义的文学"作为"新文学"的主流，以此来筛选作品；重塑"新文学"的图景；规范"新文学史"的写作；建构"新文学"的传统；回归"完整的理论体系和最高指导原则"；为新中国的文学创作提供借鉴和资源，乃是这套"新文学选集"的意义和使命所在，因而被誉为"新文学的纪程碑"。

遗憾的是这套丛书未能出全。"已故作家及烈士的作品"

只出了 11 种，《瞿秋白选集》未能出版。瞿秋白曾经是中共的
"领袖"，按当时的规定：中央一级领导人的文字要公开发表，
必须经中央批准。再加上瞿秋白对"新文学"评价太低，他
个别文艺论文中的见解与"左翼"话语相抵牾，出于慎重的
考虑，只好延后。健在作家的选集也只出了 11 种，《田汉选
集》未能出版。他在 1955 年人民文学出版社出版的《〈田汉剧
作选〉后记》中对此做了解释：

> 当 1950 年新文学选集编辑委员会编选五四作品
> 的时候，我虽也光荣地被指定搞一个选集，但我是十
> 分惶恐的。我想——那样的东西在日益提高的人民的
> 文艺要求下，能拿得出去吗？再加，有些作品的底稿
> 和印本在我流离转徙的生活中都散失了，这一编辑工
> 作无形中就延搁下来了。

"作品的底稿和印本"的"散失"，并不是理由；"惶恐"
作品"在日益提高的人民的文艺要求下，能拿得出去吗？"，
这才是"延搁"的主因。出版的这 22 种选集中，《鲁迅选集》
分上、中、下三册，《郭沫若选集》分上、下二册，其馀 20 位
作家都只有一册，规格和分量上的区别彰显了鲁迅和郭沫若在
我国现代文学史上崇高的地位，鲁迅是新文化运动的旗手和主

将，郭沫若是继鲁迅之后的又一位"主将"和"向导"①，从而为鲁郭茅巴老曹的排序定下规则。

　　鉴于这套丛书的重要意义，本社依开明版重印，并保留原有的风格，以飨读者。

开明出版社

---

①　周恩来：《我要说的话》，重庆《新华日报》1941 年 11 月 17 日第 1 版。

编辑凡例

一、此所谓新文学，指"五四"以来，现实主义的文学作品而言。如果作一个历史的分析，可以说，现实主义是"五四"以来新文学的主流，而其中又包括着批判的现实主义（也曾被称为旧现实主义）和革命的现实主义（也曾被称为新现实主义）这两大类。新文学的历史就是从批判的现实主义到革命的现实主义的发展过程。一九四二年毛主席在延安文艺座谈会的讲话发表以后，革命的现实主义文学便有了一个新的更大的发展，并建立了自己完整的理论体系和最高指导原则。

二、现在这套丛书就打算依据这一历史的发展过程，选辑"五四"以来具有时代意义的作品，以便青年读者得以最经济的时间和精力获得新文学发展的初步的基本的知识。本来这样的选集可以有两种方式，一是按照作品时代先后，成一总集，又一是个别作家各自成一选集；这两个方式互有短长，现在所采取的，是后一方式。这里还有两个问题须要加以说明。第一，这套丛书既然打算依据中国新文学的历史发展的过程，选辑"五四"以来具有时代意义的作品，换言之，亦即企图藉本丛书之助而使读者能以比较经济的时间和精力对于新文学的发展的过程获得基本的初步的知识，因此，我们的选辑的对象主要是在一九四二年以前就已有重要作品出世的作家们。这一个范围，当然不是绝对的，然而大体上是有这么一个范围，并且也在这一点上，和《人民文艺丛书》作了分工。第二，适合于上述范围的作家与作品，当然也不止于本丛书现在的第一、二两辑所包罗的，我们的企图是，继此以后，陆续再出第三、四……等辑，而使本丛书的代表性更近于全面。

三、本丛书第一、二两辑共包罗作家二十四人，各集有为作家本人自选的，也有本丛书编委会约请专人代选的，如已故诸作家及烈士的作品。每集都有序文。二十馀年来，文艺界的烈士也不止于本丛书所包罗的那几位，但遗文搜集，常苦不全，所以现在就先选辑了这几位，将来再当增补。

新文学选集编辑委员会

一九五一年三月，北京

也算经验

——代序

近几年来，有些朋友们，要我谈谈写作的经验，可是我一次也没有谈。一个并非专门写作的人，写了几个小册子，即使有点经验，也不过是些生活和其他工作中的经历，作为"写作经验"来谈，我总觉得不好意思。现在又有几位朋友要我谈，我用上边的理由回答了他们，他们有人说："那些'经历'也可以谈谈。大家既然要你谈，你要太固执，人家就要误会你是摆架子。"好！谈就谈谈吧！

先从取得材料谈起：我的材料大部分是拾来的，而且往往是和材料走得碰了头，想不拾也躲不开。因为我的家庭是在高利贷压迫之下由中农变为贫农的，我自己又上过几天学，抗日战争开始又做的是地方工作，所以每天尽和我那几个小册子中的人物打交道，所参与者也尽在那些事情的一方面。例如《小二黑结婚》中的二孔明就是我父亲的缩影；兴旺、金旺就是我工作地区的旧渣滓；《李有才板话》中老字和小字辈的人物就是我的邻里，而且有好多是朋友；我的叔父，正是被《李家庄变迁》中六老爷的"八当十"高利贷逼得破了产的人；同书中阎锡山的四十八师留守处，就是我当日在太原的寓所；同书中"血染龙王庙"之类的场合，染了我好多同事的血，连我自己也差一点染到里边去……这一切便是我写作材料的来源。材料既然大部分是这样拾来的，自然谈不到什么搜集的经验，要说也算经验的话，只能说"在群众中工作和在群众中生活，是两个取得材料的简易办法"。

再谈谈决定主题：我在做群众工作的过程中，遇到了非解决不可而又不是轻易能解决了的问题，往往就变成所要写的主题。这在我写的几个小册子中，除了《孟祥英翻身》与《庞如林》两个劳动英雄的报导以外，还没有例外。如有些很热心的青年同事，不了解农村中的实际情况，为表面上的工作成绩所迷惑，我便写《李有才板话》；农村习惯上误以为出租土地也不纯是剥削，我便写《地板》（指耕地，不是房子里的地板）……假如也算经验的话，可以说"在工作中找到的主题，容易产生指导现实的意义"。

语言及其他：我既是个农民出身而又上过学校的人，自然是既不得不与农民说话，又不得不与知识分子说话。有时候从学校回到家乡，向乡间父老兄弟们谈起话来，一不留心，也往往带一点学生腔，可是一带出那等腔调，立时就要遭到他们的议论，碰惯了钉子就学了点乖，以后即使向他们介绍知识分子的话，也要设法把知识分子的话翻译成他们的话来说，时候久了就变成了习惯。说话如此，写起文章来便也在这方面留神——"然而"听不惯，咱就写成"可是"；"所以"生一点，咱就写成"因此"，不给他们换成顺当的字眼儿，他们就不愿意看。字眼儿如此，句子也是同样的道理——句子长了人家听起来捏不到一块儿，何妨简短些多说几句；"鸡叫""狗咬"本来很习惯，何必写成"鸡在叫""狗在咬"呢？至于故事的结构，我也是尽量照顾群众的习惯：群众爱听故事，咱就增强故事性；爱听连贯的，咱就不要因为讲求剪裁而常把故事割断了。我以为只要能叫大多数人读，总不算赔钱买卖。至于会不会因此就降低了作品的艺术性，我以为那是另一问题，不过我在这方面本钱就不多，因此也没有感觉到有赔了的时候。这些就是我在运用语言和故事结构上所抱的态度，也可以算做经验。

　　我所能谈的经验只此而已，至于每个具体东西的写作过程，都是普普通通不值一谈的，因而也就不多谈了。

一九四九年六月十日

目 次

李有才板话

一、书名的来历

阎家山有个李有才，外号叫"气不死"。

这人现在有五十多岁，没有地，给村里人放牛，夏秋两季捎带看守村里的庄稼。他只是一身一口，没有家眷。他常好说两句开心话，说是"吃饱了一家不饥，锁住门也不怕饿死小板凳"。村东头的老槐树底有一孔土窑还有三亩地，是他爹给留下的，后来把地押给阎恒元，土窑就成了他的全部产业。

阎家山这地方有点古怪：村西头是砖楼房，中间是平房，东头的老槐树下是一排二三十孔土窑。地势看来也还平，可是从房顶上看起来，从西到东却是一道斜坡。西头住的都是姓阎的；中间也有姓阎的也有杂姓，不过都是些在地户；只有东头特别，外来的开荒的占一半，日子过倒霉了的本村的杂姓，也差不多占一半，姓阎的只有三家，也是破了产卖了房子才搬来的。

李有才常说老槐树底的人只有两辈——一个"老"字辈，

一个"小"字辈。这话也只是取笑：他说的"老"字辈，就是说外来的开荒的，因为这些人的名字除了闾长派差派款在条子上开一下以外，别的人很少留意，人叫起来只是把他们的姓上边加个"老"字，像"老陈、老秦、老常……"等。他说的"小"字辈，就是其馀的本地人，因为这地方人起乳名，常把前边加个"小"字，像"小顺、小保……"等。可是西头那些大户人家，都用的是官名，有乳名别人也不敢叫——比方老村长阎恒元乳名叫"小囤"，别人对上人家不只不敢叫"小囤"，就是该说"谷囤"也只得说成"谷仓"，谁还好意思说出"囤"字来？一到了老槐树底，风俗大变，活八十岁也只能叫"小什么，小什么"，你就起上个官名也使不出去——比方陈小元前几年请柿子洼老先生给起了个官名叫"陈万昌"，回来虽然请闾长在闾账上改过了，可是老村长看账时候想不起这"陈万昌"是谁，问了一下闾长，仍然提起笔来给他改成陈小元。因为有这种关系，老槐树底的本地人，终于还都是"小"字辈。李有才自己，也只能算"小"字辈人，不过他父母是大名府人，起乳名不用"小"字，所以从小就把他叫成"有才"。

在老槐树底，李有才是大家欢迎的人物，每天晚上吃饭时候，没有他就不热闹。他会说开心话，虽是几句平常话，从他口里说出来就能引得大家笑个不休。他还有个特别本领是编歌子，不论村里发生件什么事，有个什么特别人，他都能编一大套，念起来特别顺口。这种歌，在阎家山一带叫"圪溜嘴"，官话叫"快板"。

比方说：西头老户主阎恒元，在抗战以前年年连任村长，有一年改选时候，李有才给他编了一段快板道：

> 村长阎恒元，一手遮住天，
> 自从有村长，一当十几年。
> 年年要投票，嘴说是改选，
> 选来又选去，还是阎恒元。
> 不如弄块板，刻个大名片，
> 每逢该投票，大家按一按。
> 人人省得写，年年不用换，
> 用他百把年，管保用不烂。

恒元的孩子是本村的小学教员，名叫家祥，民国十九年在县里的简易师范毕业。这人的相貌不大好看，脸像个葫芦瓢子，说一句话眨十来次眼皮。不过人不可以貌取，你不要以为他没出息，其实一肚肮脏计，谁跟他共事也得吃他的亏。李有才也给他编过一段快板道：

> 鬼眨眼，阎家祥，
> 眼睫毛，二寸长，
> 大腮蛋，塌鼻梁，
> 说句话儿眼皮忙。
> 两眼一忽闪，
> 肚里有主张，
> 强占三分理，
> 总要沾些光。
> 便宜占不足，
> 气得脸皮黄，

眼一挤，嘴一张，

好像母猪打哼哼！

像这些快板，李有才差不多每天要编，一方面是他编惯了觉着口顺，另一方面是老槐树底的年轻人吃饭时候常要他念些新的，因此他就越编越多。他的新快板一念出来，东头的年轻人不用一天就都传遍了，可是想传到西头就不十分容易。西头的人不论老少，没事总不到老槐树底来闲坐，小孩们偶尔去老槐树底玩一玩，大人知道了往往骂道："下流东西！明天就要叫你到老槐树底去住啦！"有这层隔阂，有才的快板就很不容易传到西头。

抗战以来，阎家山有许多变化，李有才也就跟着这些变化作了些新快板，还因为作快板遭过难。我想把这些变化谈一谈，把他在这些变化中作的快板也抄他几段，给大家看看解个闷，结果就写成这本小书。

作诗的人，叫"诗人"；说作诗的话，叫"诗话"。李有才作出来的歌，不是"诗"，明明叫做"快板"，因此不能算"诗人"，只能算"板人"。这本小书既然是说他作快板的话，所以叫做"李有才板话"。

二、有才窑里的晚会

李有才住的一孔土窑，说也好笑，三面看来有三变：门朝南开，靠西墙正中有个炕，炕的两头还都留着五尺长短的地面。前边靠门这一头，盘了个小灶，还摆着些水缸、菜瓮、锅、匙、碗、碟；靠后墙摆着些筐子、箩头，里面装的是村里人送给他的核桃、柿子（因为他是看庄稼的，大家才给他送这些）；正炕后墙上，就炕那么高，打了个半截套窑，可以铺半条席子。因此你要一进门看正面，好像个小山果店；扭转头看西边，好像石菩萨的神龛；回头来看窗下，又好像小村子里的小饭铺。

到了冷冻天气，有才好像一炉火——只要他一回来，爱取笑的人们就围到他这土窑里来闲谈，谈起话来也没有什么题目，扯到哪里算哪里。这年正月二十五日，有才吃罢晚饭，邻家的青年后生小福，领着他的表兄就开开门走进来。有才见有人来了，就点起墙上挂的麻油灯。小福先向他表兄介绍道："这就是我们这里的有才叔！"有才在套窑里坐着，先让他们坐到炕上，就向小福道："这是哪里的客？"小福道："是我表兄，柿子洼的！"他表兄虽然年轻，却很精干，就谦虚道："不算客，不算客！我是十六晚上在这里看戏，见你老叔唱焦光普唱的那样好，想来领领教！"有才笑了一笑又问道："你村的戏今年怎么不唱了？"小福的表兄道："早了赁不下箱，明天才能唱！"有才见他说起唱戏，劲上来了，就不客气的讲起来。他讲："这焦光普，虽说是个丑，可是个大脚色，唱就得唱出劲来！"说着就举起他的旱烟袋算马鞭子，下边虽然坐着，上边就抡打起来，一边抡着一边道："一出场：喒喒喒喒喒令×令喒令×令……喒令×各拉打打喒！"他煞住第一段家伙，正预备接着打，门"拍"一声开了，走进来个小顺，拿着两个软米糕道："慢着老叔！防备着把锣打破了！"说着走到炕边把胳膊往套窑里一展道:"老叔,我爹请你尝尝我们的糕!"(阴历正月二十五,此地有个节叫"添仓",吃黍米糕)。有才一边接着一边让道:"你们自己吃吧。今年煮的都不多!"说着接过去,随便让了让大家,就吃起来。小顺坐到炕上道:"不多吧总不能像启昌老婆,过个添仓,派给人家小旦两个糕!"小福道:"雇不起长工不雇吧,雇得起管不起吃?"有才道:"启昌也还罢了,老婆不是东西!"小福的表兄问道:"那个小旦? 就是唱国舅爷那个?"小福道:"对! 老得贵的孩子给启昌住长工。"小顺道:"那么可比他爹那人强一百二十分!"有才道:"那还用说?"小福的表兄悄悄问小福道:"老得贵怎么?"他虽说得很低,却被小顺听见了,小顺道:"那是有歌的!"接着就念道:

> 张得贵,真好汉,
>
> 跟着恒元舌头转:
>
> 恒元说个"长",
>
> 得贵说"不短";
>
> 恒元说个"方",
>
> 得贵说"不圆";
>
> 恒元说"砂锅能捣蒜",
>
> 得贵就说"打不烂";
>
> 恒元说"公鸡能下蛋",
>
> 得贵就说"亲眼见"。
>
> 要干啥,就能干,
>
> 只要恒元嘴动弹!

他把这段快板念完,小福听惯了,不很笑。他表兄却嘻嘻哈哈笑个不了。

小顺道："你笑什么？得贵的好事多着哩？那是我们村里有名的吃烙饼干部。"小福的表兄道："还是干部啦？"小顺道："农会主席！官也不小。"小福的表兄道："怎么说是吃烙饼干部？"小顺说："这村跟别处不同：谁有个事到公所说说，先得十几斤面、五斤猪肉，在场的每人一斤面烙饼，一大碗菜，吃了才说理。得贵领一分烙饼，总得把每一张烙饼都挑过。"小福的表兄道："我们村里早二三年前说事就不行吃喝了。"小顺道："人家那一村也不行了，就这村怪！这都是老恒元的古规。老恒元今天得个病死了，明天管保就吃不成了。"

正说着，又来了几个人：老秦（小福的爹）、小元、小明、小保。一进门，小元喊道："大事情！大事情！"有才忙道："什么？什么？"小明答道："老哥！喜富的村长撤差了！"小顺从炕上往地下一跳道："真的？再唱三天戏！"小福道："我也算数！"有才道："还有今天？我当他这饭碗是铁箍箍住了！谁说的？"小元道："真的！章工作员来了，带着公事！"小福的表兄问小福道："你村人跟喜富的仇气就这么大？"小顺道："那也是有歌的：

　　一只虎，阎喜富，
　　吃吃喝喝有来路，
　　当过兵，卖过土，
　　又偷牲口又放赌，
　　当牙行，卖寡妇……
　　什么事情都敢做。

　　惹下他，防不住，

　　人人见了满招呼！

你看仇恨大不大？"小福的表兄听罢才笑了一声，小明又拦住告诉他道："柿子洼客你是不知道！他念的那还是说从前，抗战以后这东西趁着兵荒马乱抢了个村长，就更了不得了，有恒元那老不死给他撑腰，就没有他干不出来的事，屁大点事弄到公所，也是桌面上吃饭，袖筒里过钱，钱淹不住心，说捆就捆，说打就打，说教谁倾家败产谁就没法治。逼得人家破了产，老恒元管'贱钱二百'买房买地。老槐树底这些人，进了村公所，谁也不敢走到桌边。三天两头出款，谁敢问问人家派的是什么钱；人家姓阎的一年四季也不见走一回差，有差事都派到老槐树底，谁不是荒着地给人家支？……你是不知道，坏透了坏透了！"有才低声问道："为什么事撤了的？"小保道："这可还不知道，大概是县里调查出来的吧？"有才道："光撤了差放在村里还是大害，什么时候毁了他才能算干净，可不知道县里还办他不办？"小保道："只要把他弄下台，攻他的人可多啦！"

　　远远有人喊道："明天到庙里选村长啦，十八岁以上的人都得去……"一连声叫喊，声音越来越近，小福听出来了，便向大家道："是得贵！还听不懂他那贱嗓？"进来了，就是得贵。他一进来，除了有才是主人，随便打了个招呼，其馀的人都没有说话，小福小顺彼此挤了挤眼。得贵道："这里倒热闹！省得我跑！明天选村长啦，凡年满十八岁者都去！"又把嗓子放得低低的："老村长的意思叫选广聚！谁不在这里，你们碰上告诉给他们一声！"一说着抽身就走了，他才一出门，小顺抢着道：

"吃烙饼去吧！"小元道："吃屁吧！章工作员还在这里住着啦，饼恐怕烙不成！"老秦埋怨道："人家听见了！"小元道："怕什么？就是故意叫他听啦。"小保道："他也学会打官腔了：'凡年满十八岁者'……"小顺道："还有'老村长的意思'。"小福道："假大头这回要变真大头啦呀！"小福的表兄问小福道："谁是假大头？"小顺抢着道："这也有歌：

　　　　刘广聚，假大头：

　　　　一心要当人物头，

　　　　抱粗腿，借势头，

　　　　拜认恒元干老头。

　　　　大小事，强出头，

　　　　说起话来歪着头。

　　　　从西头，到东头，

　　　　放不下广聚这颗头。

一念歌你就清楚了。"小福的表兄觉着很奇怪，也没有顾上笑，又问道："怎么你村有这么多的歌？"小顺道："提起西头的人来，没有一个没歌的，连那一个女人脸上有麻子都有歌。不只是人，每出一件新事，隔不了一天就有歌出来了。"又指着有才道："有我们这位老叔，你想听歌很容易！要多少有多少！"

　　小元道："我看咱们也不用管他'老村长的意思'不意思，明天偏给他放个冷炮，攒上一伙人选别人，偏不选广聚！"老秦道："不妥不妥，指望咱老槐树底人谁得罪得起老恒元？他说选广聚就选广聚，瞎惹那些气有什么好处？"小元道："你这老汉真见不得事！只怕柿叶掉下来碰破你的头，你不敢得罪人家，也还不是照样替人家支差出款?"老秦这人有点古怪，只要年轻人一发脾气，他就不说话了。小保向小元道："你说得对，这一回真是该扭扭劲！要是再选上个广聚还不是仍出不了恒元老家伙的手吗？依我说咱们老槐树底的人这回就出出头，就是办不好也比搓在他们脚板底强得多！"小保这么一说，大家都同意，只是决定不了该选谁好。依小元说，小保就可以办；老陈觉得要是选小明，票数会更多一些；小明却说在大场面上说个话还是小元有两下子。李有才道："我说个公道话吧：要是选小明老弟，管保票数最多，可是他老弟恐怕不能办：他这人太好，太直，跟人家老恒元那伙人斗个什么事恐怕没有人家的心眼多。小保领过几年羊（就是当羊经理），在外边走的地方也不少，又能写能算，办倒没有什么办不了，只是他一家五六口子全靠他一个人吃饭，真也有点顾不上。依我说，小元可以办，小保可以帮他记一记账，写个什么公事……"这个意见大家赞成了。小保向大家道："要那样咱们出去给他活动活动！"小顺道："对！宣传宣传!"说着就都往外走。老秦着了急，叫住小福道："小福！你跟人家逞什么能？给我回去!"小顺拉着小福道："走吧走吧!"又回头向老秦道；"不怕！丢了你小福我包赔!"说就把小福拉上走了。老秦赶紧追出来连声喊叫，也没有叫住，只好领上外甥（小福的表兄）回去睡觉。

窑里丢下有才一个人，也就睡了。

三、打虎

第二天吃过早饭，李有才放出牛来预备往山坡上送，小顺拦住他道："老叔你不要走了！多一票算一票！今天还许弄成，已经给小元弄到四十多票了。"有才道："误不了！我把牛送到椒洼就回来。这时候又不怕吃了谁的庄稼，章工作员开会，讲话还不是一大晌？误不了！"小顺道："这一回是选举会，又不是讲话会。"有才道："知道！不论什么会，他在开头总要讲几句'重要性'啦，'什么的意义及其价值'啦，光他讲讲这些我就回来了！"小顺道："那你去吧！可不要叫误了！"说着就往庙里去了。

庙里还跟平常开会一样，章工作员、各干部坐在拜厅上，群众站在院里，不同的只是因为喜富撤了差，大家要看看他还威风不威风，所以人来得特别多。

不大一会，人到齐了，喜富这次当最后一回主席。他虽然沉着气，可是嗓子究竟有点不自然，说了几句客气话，就请章工作员讲话，章工作员这次也跟从前说话不同了，也没有讲什么"意义"与"重要性"，直截了当说道："这里的村长，犯了一些错误，上级有命令叫另选。在未选举以前，大家对旧村长有什么意见，可以提一提。"大家对喜富的意见，提一千条也有，可是一来没有准备，二来碍于老恒元的面子，三来差不多都怕喜富将来记仇，因此没有人敢马上出头来提，只是交头接耳商量。有的说"趁此机会不治他，将来是村上的大害"，有的说"能送死他自然是好事,送不死,一旦放虎归山必然要伤人",……议论纷纷,都没有主意。有个马凤鸣,当年在安徽卖过茶叶,是张启昌的姊夫,在阎家山下了户。这人走过大地方,开通一点,不像阎家山人那么小心小胆。喜富当村长的第一年,随便欺压村民,有一次压迫到他头上,当时惹不过,只好忍过去。这次喜富已经下了台,他想趁势算一下旧账,便悄悄向几个人道:"只要你们大家有意见愿意提,我可以打头一炮!"马凤鸣说愿意打头一炮,小元先给他鼓励道:"提吧!你一提我接住就提,说开头多着哩!"他们正商量着,章工作员在台上等急了,便催道:"有没有?再限一分钟!"马凤鸣站起来道:"我有个意见:我的地上边是阎五的坟地,坟地堰上的荆条、酸枣树,一直长到我的地后,遮住半块地不长庄稼。前年冬天我去砍了一砍,阎五说出话来,报告到村公所,村长阎喜富给我说的,叫我杀了一口猪给阎五祭祖,又出了二百斤面叫所有的阎家人大吃一顿,罚了我五百块钱,永远不准我在地后砍荆条和酸枣树。猪跟面大家算吃了,钱算我出了,我都能忍过去不追究,只是我种地出着负担永远叫给人家长荆条和酸枣树,我觉着不合理。现在要换村长,我请以后开放这个禁令!"章工作员好像有点吃惊,问大家道:"真有这事?"除了姓阎的,别人差不多齐声答道,"有!"有才也早回来了,听见是说这事,也在中间发冷话道:"比那更气人的事还多得多!"小元抢着道:"我也有个意见!"接着说了一件派差事。两个人发言以后,意见就多起来,你一款我一款,无论是花黑钱、请吃饭、打板子、罚苦工……只要是喜富出头作的坏事,差不多都说出来了，可是与恒元有关系的事差不多还没人敢提，直到晌午，意见似乎没人提了，章工作员气得大瞪眼，因为他常在这里工作，从来也不会想到有这么多的问题。他向大家发命令道："这个好村长！把他捆起来！"说捆喜富，当然大家很有劲，也不知道上来多少人，七手八脚把他捆成个倒缚兔。他们问送到那里，章工作员道："且捆到下面的小屋里，拨两个人看守着，大家先回去吃饭，吃了饭选过村长，我把他带回区上去！"小顺、小福还有七八个人抢着道："我看守！我看守！"小顺道："迟吃一会饭有什么要紧？"章工作员又道："找个人把上午大家提的意见写成个单子作为报告，我带回去！"马凤鸣道："我写！"小保道："我帮你！"章工作员见有了人，就宣布散了会。

这天晌午，最着急的是恒元父子，因为有好多案件虽是喜富出头，却还是与他们有关的。恒元很想吩咐喜富一下叫他到县里不要乱说，无奈那么许多人看守着，没有空子，也只好罢了。吃过午饭，老恒元说身体有点不舒服，只打发儿子家祥去照应选举的事，自己却没有去。

会又开了，章工作员宣布新的选举办法道："按正规的选法，应该先选村代表，然后由代表会里产生村长，可是现在来不及了。现在我想了个变通办法：大家先提出三个候选人，然后用投票的法子从三个人中选一个。投票的办法，因为不识字的人很多，可以用三个碗，上边画上记号，放到人看不见的地方，每人发一颗豆，愿意选谁，就把豆放到谁的碗里去；这个办法好不好？"大家齐声道："好！"这又出了家祥意料之外，他仗着一大部分人离不了他写票，谁知章工作员又用了这个办法。办法既然改了，他借着自己是个教育委员，献了个殷勤，去准备了三个碗，顺路想在这碗上想点办法。大家把三个候选人提出来了：刘广聚是经过老恒元的运动的，自然在数，一个是马凤鸣，一个就是陈小元。家祥把一个红碗两个黑碗上贴了名字向大家声明道："注意！会把这三个碗放到里边殿里，次序是这样：从东往西，第一个，红碗，是刘广聚！第二个是马凤鸣，第三个是陈小元。再说一遍：从东往西，第一个，红碗，是刘广聚！第二个是马凤鸣，第三个是陈小元。"说了把碗放到殿里的供桌上，然后站东过西每人发了一颗豆，发完了就投起来。一会，票投完了，结果是马凤鸣五十二票，刘广聚八十八票当选，陈小元八十六票，跟刘广聚只差两票。

选举完了，章工作员道："我还要回区上去。派两个人跟我相跟上把喜富送去。"家祥道："我派我派！"下边有几个人齐声道："不用你派，我去！我去！"说着走出十几个人来。工作员道："有两个就行！"小元道："多去几个保险！"结果有五个去。工作员又叫人取来了马凤鸣跟小保写的报告，就带着喜富走了。

刘广聚当了村长，送走工作员之后，歪着个头，到恒元家里去——一方面是谢恩，一方面是领教。老恒元听了家祥的报告，知道章工作员把喜富带走，又知道小元跟广聚只差两票，心里着实有点不安，少气无力向广聚道："孩子，以后要小心点！情况变得有点不妙了！马凤鸣，一个外来户，也要翻眼；老槐树底人也起了反了！"话着伸出两个指头来道："你看危险不危险？两票！只差两票！"又吩咐他道："孩子以后要买一买马凤鸣的账，捡那不重要的委员给他当一个——就叫他当个建设委员也好！像小元那些没天没地的东西，以后要找个机会重重治他一下，要不就压不住东头那些东西，不过现在这不敢冒失，等喜富的事有个头尾再说！回去吧孩子！我今天有点不得劲，想早点歇歇！"广聚受完了这番训，也就辞出。

这天晚上，李有才的土窑里自然也是特别热闹，不必细说。第二天便有两段新歌传出来，一段是：

> 正月二十五，打倒一只虎；
>
> 到了二十六，老虎更吃苦，
>
> 大家提意见，尾巴藏不住，
>
> 鼓冬按倒地，打个背绑兔。
>
> 家祥干眨眼，恒元屙一裤。
>
> 大家哈哈笑，心里满舒服。

还有一段是：

> 老恒元，真混账，
>
> 抱住村长死不放。
>
> 说选举，是假样，
>
> 侄儿下来干儿上。

（喜富是恒元的本家侄儿，广聚是干儿。）

四、丈地

自从把喜富带走以后，老恒元总是放心不下，生怕把他与自己有关的事攀扯出来，可是现在的新政府不比旧衙门，有钱也花不进去，打发家祥去了几次也打听不着，只好算了。过了三个月，县里召集各村村长去开会，老恒元托广聚到县里顺便打听喜富的下落。

隔了两天，广聚回来了，饭也没有吃，歪着个头，先到恒元那里报告。恒元躺着，他坐在床头毕恭毕敬地报告道："喜富的事，因为案件过多，喜富不愿攀出人来，直拖累了好几个月才算结束。所有麻烦，喜富一个人都承认起来了，县政府特别宽大，准他呈递悔过书赔偿大众损失，就算完事。"恒元长长吐了口气道："也算！能不多牵连别人就好！"又问道："这次开会商议了些什么？"广聚道："一共三件事：第一是确实执行减租，发了个表格，叫填出佃户姓名，地主姓名，租地亩数，原租额多少，减去多少。第二是清丈土地，办法是除了政权、各团体干部参加外，每二十户选个代表共同丈量。第三是成立武委会发动民兵，办法是先选派一个人，在阳历六月十五号以前到县受训。"老恒元听说喜富的案件已了，才放心了一点，及至听到这些事，眉头又打起皱来。他等广聚走了，便跟儿子家祥道："这派人受训没有什么难办，依我看还是巧招兵，跟阎锡山要的在乡军人一样，随便派上个谁就行了。减租和丈地两件事，在阎家山说来，只是对咱不利。不过第一件还好办，只要到各窝铺上说给佃户们一声，就叫他们对外人说是已经减过租了，他们怕夺地，自然不敢不照咱的话说；回头村公所要造表，自然还要经你的手，也不愁造不合适。只有这第二件不好办；丈地时候参加那么多的人，如何瞒得过去？"家祥眯着眼道："我看也好应付！说各干部吧！村长广聚是自己人。民事委员教育委员是咱父子俩，工会主席老范是咱的领工，咱一家就出三个人。农会主席得贵还不是跟着咱转？财政委员启昌，平常打的是不利不害主义，只要不叫他吃亏，他也不说什么。他孩子小林虽然算个青救干部，啥也不懂。只有马凤鸣不好对付，他最精明，又是个外来户，跟咱都不一心，遇事又敢说话，他老婆桂英又是个妇救干部，一家也出着两个人……"老恒元道："马凤鸣好对付：他们做过生意的人最爱占便宜，叫他占上些便宜他就不说什么了。我觉得最难对付的是每二十户选的那一个代表，人数既多，意见又不一致。"家祥道："我看不选代表也行。"恒元道："不妥！章工作员那小子腿勤，到丈地时候他要来了怎么办？我看代表还是要，不过可以由村长指派，派那些最穷、最爱打小算盘的人，像老槐树底老秦那些人。"家祥道："这我就不懂了：越是穷人，越出不起负担，越要细丈别人的地……"恒元道："你们年青人自然想不通：咱们丈地时候，先尽那最零碎的地方丈起——比方咱'椒洼'地，一亩就有七八块，算的时候你执算盘，慢慢细算。这么着丈量，一个椒洼不上十五亩地就得丈两天。他们那些爱打小算盘的穷户，哪里误得起开工！跟着咱们丈过两三天，自然就都走开了。等把他们熬败了，咱们一方面说他们不积极不热心，一方面还不是由咱自己丈吗？只要做个样子，说多少是多少，谁知道？"家祥道："可是我见人家丈过的地还插牌子！"恒元道："山野地，块子很不规矩，任一处只要把牌子上写个总数目——比方'自此以下至崖根总共几亩几分，谁知道对不对？要是再用点小艺道买一买小户，小户也就不说话了——比方你看他一块有三亩，你就说'小户人家，用不着细盘量了，算成二亩吧！'这样一来，他有点小虚数，也怕多量出来，因此也就不想再去量别人的！"

恒元对着家祥训了这一番话；又打发他去请来马凤鸣。马凤鸣的地都是近二十年来新买的，不过因为买得刁巧一点，都是些大亩数——往往完一亩粮的地就有二三亩大。老恒元说："你的地既然都是新买的，可以不必丈量，就按原契插牌子。"马凤鸣自然很高兴。恒元又叫家祥叫来了广聚，把自己的计划宣布了一番。广聚一来自己地多，二来当村长就靠的是恒元，当然没有别的话说。

第二天便依着计划先派定了丈地代表，第三天便开始丈地。果不出恒元所料，章工作员来了，也跟着去参观。恒元说："先丈我的！"村长广聚领头，民事委员阎恒元、教育委员阎家祥、财政委员张启昌、建设委员马凤鸣、农会主席张得贵、工会主席老范、妇救主席桂英、青救主席小林，还有十馀个新派的代表们，带着丈地的弓、算盘、木牌、笔砚等，章工作员也跟在后边，往椒洼去了。

广聚管指划，得贵执弓，家祥打算盘。每块地不够二分，可是东伸一个角西打一个弯，还得分成四五块来算。每丈量完了一块，休息一会，广聚给大家讲方的该怎样算，斜的该怎样折，家祥给大家讲"飞归得亩"之算法。大家原来不是来学习算地亩，也都听不起劲来，只是觉着丈量的太慢。章工作员却觉着这办法很细致，说是"丈地的模范"，说了他便往柿子洼编村去了。

　　果不出恒元所料，两天之后，椒洼地没有丈完，就有许多人不来了。到了第五天，临出发只集合了七个人：恒元父子连领工老范是三个，广聚一个，得贵一个，还有桂英跟小林，一个没经过事的女人，一个小孩子。恒元摇着芭蕉扇，广聚端着水烟袋，领工老范捎着一张镬，小林捎着个镰预备割柴，桂英肚里怀着孕，想拔些新鲜野菜，也背着个篮子，只有得贵这几天在恒元家里吃饭，自然要多拿几件东西——丈地弓、算盘、笔砚、木牌，都是他一个人抱着。丈量地点是椒洼后沟，也是恒元的地，出发时候，恒元故意发脾气道："又都不来了！那么多的委员，只说话不办事，好像都成了咱们七八个人的事了！"说着就出发了。这条沟没有别人的地，连样子也不用装，一进了沟就各干各的：桂英吃了几颗青杏，就走了岔道拔菜去了；小林也吃了几颗，跟桂英一道割柴去了；家祥见堰上塌了个小墼，指挥着老范去垒，得贵也放下那些家具去帮忙；恒元跟广聚，到麦地边的核桃树底趁凉快说闲话去。

　　这天有才恰在这山顶上看麦子，见进沟来七八个人，起先还以为是偷麦子的，后来各干其事了，虽然离得远了认不清人，可是做的事也都看得很清楚，只有到核桃树底去的那两个人不知是干什么的。他又往前凑了一凑，能听见说说笑笑，却听不见说什么。他自言自语道："这是两个什么鬼东西，我总要等你们出来！"说着就坐在林边等着。直到天快晌午，见有个从核桃树下钻出来喊道："家祥！写牌来吧！"这一下听出来了，是恒元。垒堰那三个人也过来了两个，一个是家祥，一个是老范。家祥写了两个木牌，给了老范一块，自己拿着一块：

老范那块插在东圪嘴上，家祥那块插在麦地边。牌子插好，就叫来了桂英、小林，七个人相跟着回去了，有才见得贵拿着弓，才想起来人家是丈地，暗自寻思道：这地原是这样丈的？我总要看看牌上写的是什么！一边想，一边绕着路到沟底看牌。两块牌都看了，麦地边那块写的是："自此至沟掌，大小十五块，共七亩二分二厘。"东圪嘴上那块写的是："圪嘴上至崖根，共三亩二分八厘。"他看完了牌，觉着好笑，回来在路上编了这样一段歌：

　　　　丈地的，真奇怪，

　　　　七个人，不一块；

　　　　小林去割柴，桂英去拔菜，

　　　　老范得贵去垒堰，家祥一旁乱指派，

　　　　只有恒元与广聚，核桃树底趁凉快，

　　　　芭蕉扇，水烟袋，

　　　　说说笑笑真不坏。

　　　　坐到小晌午，叫过家祥来，

　　　　三人一捏弄，家祥就写牌，

　　　　前后共算十亩半，木头牌子插两块。

　　　　这些鬼把戏，只能哄小孩；

　　　　从沟里到沟外，平地坡地都不坏，

　　　　一共算成三十亩，管保恒元他不卖！

五、好怕的 "模范村"

过了几天，地丈完了，他们果然给小户人家送了些小便宜，有三亩只估二亩，有二亩估作亩半。丈完了地这一晚上，得贵想在小户们面前给恒元卖个好，也给自己卖个好，因此在恒元家吃过晚饭，跟家祥们攀谈了几句，就往老槐树底来。老槐树底人也都吃过了饭，在树下纳凉，谈闲话，说说笑笑，声音很高。他想听一听风头对不对，就远远在路口站住步侧耳倾听，只听一个人道："小旦！你不能劝劝你爹以后不要当恒元的尾巴！人家外边说多少闲话……" 又听见小旦拦住那人的话抢着道："哪天不劝他？可是他不听有什么法？为这事不知生过多少气？有时候他在老恒元那里拿一根葱、几头蒜，我娘也不吃他的，我也不吃他的，就那他也不改？" 他听见是自己的孩子说自己，更不便走进场，可是也想再听听以下还说些什么，所以也舍不得走开。停了一会，听得有才问道："地丈完了？老恒元的地丈了多少？" 小旦道："听说是，一百一十多亩。" 小元道："哄鬼也哄不过！不用说他原来的祖业，光近十年来的押地也差不多有那么多！" 小保道："押地可好算，老槐树底的人差不多都是把地押给他才来的！" 说着大家就七嘴八舌，三亩二亩给他算起来，算的结果，连老槐树底带村里人，押给恒元的地，一共就有八十四亩。小元道："他通年雇着三个长工，山上还有六七家窝铺，要是细量起来，丈不够三百亩我不姓陈！" 小顺道："你不说人家是怎样丈的？你就没听有才老叔编的歌？

‘丈地的，真奇怪，七个人，不一块……’”接着把那一段歌念了一遍，念得大家哈哈大笑。老秦道："我看人家丈得也公道，要宽都宽，像我那地明明是三亩，只算了二亩！"小元道："那还不是哄小孩？只要把恒元的地丈公道了，咱们这些户，二亩也不出负担，三亩还不出负担；人家把三百亩丈成一百亩，轮到你名下，三亩也得出，二亩也得出！"①

得贵听到这里，知道大家已经猜透了恒元的心事，这个好已经卖不出去，就返回来想再到恒元这里把方才听到的话报告一下。他走到恒元家，恒元已经睡了，只有家祥点着灯造表，他便把方才听到的话和有才的歌报告给家祥，中间还加了一些骂恒元的话。家祥听了，沉不住气，两眼眲得飞快，骂了小元跟有才一顿，得贵很得意的回去睡了。

第二天，不等恒元起床，家祥就去报告昨天晚上的事。恒元听了，倒不在乎骂不骂，只恨他们不该把自己的心事猜得那么透澈，想了一会道："非重办他几个不行！"吃过了饭，叫来了广聚，数说了小元跟有才一顿罪状，末了吩咐道："把小元选成什么武委会送到县里受训去，把有才撵走，永远不准他回阎家山来！"

广聚领了命，即刻召开了个选人受训的会，仿照章工作员的办法推了三个候选人，把小元选在三个人里边，然后投豆子，可是得贵跟家祥两个人，每人暗暗抓了一把豆子都投在小元的碗里，结果把小元选住了。

---

① 当时行的是累进税制。

村里人，连恒元、广聚都算上，都只说这是拔壮丁当兵。小元家里只有一个老娘，又没有吃的，全仗小元养活，一见说把小元选住了，哭着去哀求广聚。广聚奉的是恒元的命令，哀求也没有效，得贵很得意，背地里卖俏说："谁叫他评论丈地的事？"这话传到老槐树底，大家才知道原来是这么一回事。

小明见邻居们有点事，最能热心帮助，他见小元他娘哀求也无效，就去找小保、小顺等一干人来想办法。小保道："我看人家既是有计划的，说好话也无用。依我说就真当了兵也不是坏事，大家在一处都不错，谁还不能帮一把忙？咱们大家可以招呼他老娘几天。"小明向小元道："你放心吧！也没有多馀的事！烧柴吃水，一个人能费多少，你那三亩地，到了忙时候一个人抽一晌工夫就给你捎带了！"小元的叔父老陈为人很痛快，他向大家谢道："事到头上讲不起，既然不能不去，以后自然免不了麻烦大家照应，我先替小元谢谢！"小元也跟着说了许多道谢的话。

在村公所这方面，减租跟丈地的两份表也造成了，受训的人也选定了，做了一份报告，吃过午饭，拨了个差，连小元一同送往区上。把这三件工作交代过，广聚打发人把李有才叫到村公所，歪着个头，拍着桌子大大发了一顿脾气，说他"造谣生事"，又说"简直像汉奸"，最后下命令道："即刻给我滚蛋！永远不许回阎家山来！不听我的话我当汉奸送你！"有才无法，只好跟各牛东算了算账，搬到柿子洼编村去住。

隔了两天，章工作员来了，带着县里来的一张公事，上写道："据第六区公所报告，阎家山编村各干部工作积极细致，完成任务甚为迅速，堪称各村模范，特传令嘉奖以资鼓励……"
自此以后，阎家山就被称为"模范村"了。

六、小元的变化

两礼拜过后，小元受训回来了，一到老槐树底，大家就都
来问询，在地里做活的，虽然没有晌午，听到小元回来的消息
的也都赶回来问长问短。小元很得意的道："依他们看来这一回
可算把我害了，他们那里想得到又给咱们弄了个合适？县叫咱
回来成立武委会，发动民兵，还允许给咱们发枪，发手榴弹。
县里说：'以后武委会主任跟村长是一文一武，是独立系统，
不是附在村公所。'并且给村长下的公事教他给武委会准备一
切应用物件。从今以后，村里的事也有咱老槐树底的份了。"
小顺道："试试！看他老恒元还能独霸乾坤不能？"小明道："你
的苗也给你锄出来了。老人家也没有饿了肚，这家送个干粮，
那家送碗汤，就够他老人家吃了。"小元自是感谢不提。

吃过午饭，小元到了村公所，把县里的公事取出来给广聚
看。广聚一看公事，知道小元有权了，就拿上公事去找恒元。

恒元看了十分后悔道："想不到给他做了个小合适！"又皱
着眉头想了一会道："既然错了，就以错上来——以后把他团弄
住，叫他也变成咱的人！"广聚道："那家伙有那么一股扭劲，
恐怕团弄不住吧！"恒元道："你不懂！这只能慢慢来！咱们都
捧他的场，叫他多占点小便宜，'习惯成自然'，不上几个月
工夫，老槐树底的日子他就过不惯了。"

广聚领了恒元的命，把一座庙院分成四部分：东社房上三间是村公所，下三间是学校，西社房上三间是武委会主任室，下三间留作集体训练民兵之用。

民兵动员起来了，差不多是老槐树底那一伙子，常和广聚闹小意见，广聚觉得很难对付。后来广聚常到恒元那里领教去，慢慢就生出法子来。比方广聚有制服，家祥有制服，小元没有，住在一个庙里觉着有点比配不上，广聚便道："当主任不可以没制服，回头做一套才行！"隔了不几天，用公款做的新制服给小元拿来了。广聚有水笔，家祥有水笔，小元没有，觉着小口袋上空空的，家祥道："我还有一枝回头送你！"第二天水笔也插起来了。广聚不割柴，家祥不割柴，小元穿着制服去割了一回柴，觉着不好意思，广聚道："能烧多少？派个民兵去割一点就够了！"

从此以后，小元果然变了，割柴派民兵，担水派民兵，自己架起胳膊当主任。他叔父老陈，见他的地也荒了，一日就骂他道："小元你看！近一两月来像个什么东西，出来进去架两条胳膊，连水也不能担了，柴也不能割了！你去受训，人家大家给你把苗锄出来，如今莠了一半穗了，你也不锄二遍，草比苗还高，看你秋天吃什么？"小元近来连看也没有到地里看过，经老陈这一骂，也觉得应该到地里看看去。吃过早饭，扛了一把锄，正预备往地里走，走到村里，正碰上家祥吃过饭往学校去，家祥含笑道："锄地去啦？"小元脸红了，觉着不像个主任身份，便喃喃地道："我到地里看看去！"家祥道："歇歇谈一会闲话再去吧！"小元也不反对，跟着家祥走到庙门口，把锄放在门外，就走进去跟家祥、广聚闲谈起来，直谈到晌午才回去吃饭去。吃过饭，总觉着不可以去锄地，结果仍是第二天派了两个民兵去锄。

这次派的是小顺跟小福，这两个青年虽然也不敢不去，可是总觉着不大痛快，走到小元地里，无精打采慢慢锄起来。他两个一边锄一边谈。小顺道："多一位菩萨多一炉香！成天盼望主任给咱们抵些事，谁知道主任一上了台，就跟人家混得很熟，除了多派咱几回差，一点什么好处都没有？"小福道："头一遍是咱给他锄，第二遍还教咱给他锄！"小顺道："那可不一样；头一遍是人家把他送走了，咱们大家情愿帮忙，第二遍是人家升了官，不能锄地了，派咱给人家当差。早知道落这个结果，帮忙？省点气力不能睡觉？"小福道："可惜把个有才老汉也撵走了，老汉要在，一定要给他编个好歌！"小顺道："咱不能给他编个试试？"小福道："可以！我帮你！"给小元锄地，他们既然有点不痛快，所以也不管锄到了没有，留下草了没有，只是随手锄过就是，两个人都把心用在编歌子上。小顺编了几句，小福也给他改了一两句，又添了两句，结果编成了这么一段短歌：

> 陈小元，坏得快，
> 当了主任耍气派，
> 改了穿，换了戴，
> 坐在廊上不下来。
> 不担水，不割柴，
> 蹄蹄爪爪不想抬，

　　　　锄个地，也派差，

　　　　逼着邻居当奴才。

　　小福晚上悄悄把这个歌念给两三个青年听，第二天传出去，大家都念得烂熟，小元在廊里坐着自然不得知道。

　　这还都是些小事，最叫人可恨的是把喜富赔偿群众损失这笔款，移到武委会用了。本来喜富早两个月就递了悔过书出来了，只是县政府把他应赔偿群众的款算了一下，就该着三千四百馀元，还有几百斤面，几石小米。这些东西有一半是恒元用了，恒元就着人告喜富暂且不要回来，有了机会再说。

　　恰巧"八一"节要检阅民兵，小元跟广聚说，要做些挂包、子弹袋、炒面袋，还要准备七八个人三天的吃喝。广聚跟恒元一说，恒元觉着机会来了，开了个干部会，说公所没款，就把喜富这笔款移用了。大家虽然听说喜富要赔偿损失，可是谁也没听说赔多少数目。因为马凤鸣的损失也很大，遇了事又能说两句，就有些人怂恿着他去质问村长。马凤鸣跟恒元混熟了，不想得罪人，可是也想得赔偿，因此借着大家的推举也就答应了。但是他知道村长不过是个假样子，所以先去找恒元。他用自己人报告消息的口气说："大家对这事情很不满意，将来恐怕还要讨这笔款！"老恒元就猜透他的心事，便向他道："这事怕不好弄，公所真正没款，也没有日子了，四五天就要用，所以干部会上才么决定，你不是也参加过了吗？不过咱们内里人好商量；你前年那一场事，一共破费了多少，回头叫他另外照数赔偿你！"马凤鸣道："我也不是说那个啦，不过他们……"恒元拦他的话道："不不不！他不赔我就不愿意他！不信我可以垫出来！咱们都是个干部，不分个里外如何能行？"马凤鸣见自己落不了空，也就不说什么了，别人再怂恿也怂恿不动他了。

事过之后，第二天喜富就回来了。赔马凤鸣的东西恒元承担了一半，其馀应赔全村民众，那么大的数目，做了几条炒面袋，几个挂包，几条子弹袋，又给民兵拿了二十多斤小米就算完事。

"八一"检阅民兵，阎家山的民兵服装最整齐，又是模范，主任又得了奖。

七、恒元广聚把戏露底

过了阴历八月十五日，正是收秋时候，县农会主席老杨同志，被分配到第六区来检查督促"秋收工作"。老杨同志叫区农会给他介绍一个比较进步的村，区农会常听章工作员说阎家山是模范村，就把他介绍到阎家山去。

老杨同志吃了早饭起程，天不晌午就到了阎家山。他一进公所，正遇着广聚跟小元下棋。他两个因为一步棋争起来，就没有看见老杨同志进去。老杨同志等了一会，还没有人跟他答话，他就在这争吵中间道："哪一位是村长？"广聚跟小元抬头一看，见他头上箍着块白手巾，白小布衫深蓝裤，脚上穿着半旧的硬鞋至少也有二斤半重。从这服装上看，村长广聚以为他是那村派来的送信的，就懒洋洋的问道："哪村来的？"老杨同志答道："县里！"广聚仍问道："到这里干什么？"小元棋快输了，在一边催道："快走棋吗！"老杨同志有些不耐烦，便道："你们忙得很！等一会闲了再说吧！"说了把背包往阶台上一丢，坐在上面休息。广聚见他的话头有点不对，也就停住了棋，凑过来答话。老杨同志也看出他是村长，却又故意问了一句："村长哪里去了？"他红着脸答过话，老杨同志才把介绍信给他，信上写的是：

　　兹有县农会杨主席，前往阎家山检查督促秋收工作，请予接洽是荷……

广聚看过了信，把老杨同志让到公所，说了几句客气话，便要请老杨同志到自己家里吃饭。老杨同志道："还是兑些米到老百姓家里吃吧！"广聚还要讲俗套，老杨同志道："这是制度，不能随便破坏！"广聚见他土眉土眼，说话却又那么不随和，一时想不出该怎么对付，便道："好吧！你且歇歇，我给你出去看看！"说了就出了公所来找恒元。他先把介绍信给恒元看了，然后便说这人是怎样怎样一身土气，恒元道："前几天听喜富说有这么个人。这人你可小看不得！听喜富说，有些事情县长还得跟他商量着办。"广聚道："是是是！你一说我想起来了，那一次在县里开会，讨论丈地问题那一天，县干部先开了个会。仿佛有他，穿的是蓝衣服，眉眼就是那样。"恒元道："去吧！好好应酬，不要冲撞着他！"广聚走出门来又返回去问道："我请他到家吃饭，他不肯，他叫给他找个老百姓家去吃，怎么办？"恒元不耐烦了，发话道："这么大一点事也问我？那有什么难办？他要那么执拗，就把他派到个最穷的家——像老槐树底老秦家，两顿糠吃过来，你怕他不再找你想办法啦？"广聚道:"老槐树底那些人跟咱们都不对,不怕他说坏话?"恒元道:"你就不看人?老秦见了生人敢放个屁?每次吃了饭你就把他招待回公所,有什么事?"

广聚碰了一顿钉子讨了这么一点小主意,回去就把饭派到老秦家。这样一来,给老秦找下麻烦了!阎家山没有行过这种制度,老秦一来不懂这种管饭只是替做一做,将来要还米,还以为跟派差派款一样;二来也不知道家常饭就行,还以为衙门来的人一定得吃好的。他既是这样想,就把事情弄大了,到东家借盐,到西家借面,老两口忙了一大会,才算做了两三碗汤面条。

晌午,老杨同志到老秦家去吃饭,见小砂锅里是面条,大锅里的饭还没有揭开,一看就知道是把自己当客人待。老秦舀了一碗汤面条,毕恭毕敬双手捧给老杨同志道:"吃吧先生!到咱这穷人家吃不上什么好的,喝口汤吧!"他越客气,老杨同志越觉着不舒服,一边接一边道:"我自己舀!唉!老人家,咱们吃一锅饭就对了,为什么还要另做饭?"老秦老婆道:"好先生!啥也没有!只是一口汤!要是前几年这饭就端不出来!这几年把地押了,啥也讲不起了!"老杨同志听她说押了地,正要问她押给谁,老秦先向老婆喝道:"你这老不死,不知道你那一张疯嘴该说什么!可憋不死你!你还记得啥?还记得啥!"老杨同志猜着老秦是怕她说得有妨碍,也就不再追问,随便劝了老秦几句。老秦见老婆不说话了,因为怕再引起话来,也就不再说了。

小福也回来了。见家里有个人,便问道,"爹!这是哪村的客?"老秦道:"县里的先生!"老杨同志道:"不要这样称呼吧!哪里是什么'先生'?我姓杨!是农救会的!你们叫我个'杨同志'或者'老杨'都好!"又问小福"叫什么名字","多大了",小福一一答应,老秦老婆见孩子也回来了,便揭开大锅开了饭。老秦,老秦老婆,还有个五岁的女孩,连小福,四个人都吃起饭来。老杨同志第一碗饭吃完,不等老秦看见,就走到大锅边,一边舀饭一边说:"我也吃吃这饭,这饭好吃!"老两口赶紧一齐放碗来招待,老杨同志已把山药蛋南瓜舀到碗里。老秦客气了一会,也就罢了。

小顺来找小福割谷,一进门碰上老杨同志,彼此问询了一下,就向老秦道:"老叔!人家别人的谷都打了,我爹病着,连谷也割不起来,后晌叫你小福给俺割吧?"老秦道:"吃了饭还要打谷!"小顺道:"那我也能帮忙,打下你的来,迟一点去割我的也可以!"老杨同志问道:"你们这里收秋还是各顾各?农救会也没有组织过互助小组?"小顺道:"收秋可不就是各顾各吧?老农会还管这些事啦?"老杨同志道:"那末你们这里的农会都管些什么事?"小顺道:"咱不知道。"老杨同志自语道:"模范村,这算什么模范?"五岁的小女孩,听见"模范"二字,就想起小顺教她的几句歌来,便顺口念道:

　　模范不模范,从西往东看;

　　西头吃烙饼,东头喝稀饭。

小孩子虽然是顺口念着玩,老杨同志却听着很有意思,就逗她道:"念得好呀!再念一遍看!"老秦又怕闯祸,瞪了小女孩一眼,老杨同志没有看见老秦的眼色,仍问小女孩道:"谁教给你的?" 小女孩指着小顺道:"他!" 老秦觉着这一下不只惹了祸,又连累了邻居,他以为自古"官官相卫",老杨同志要是回到村公所一说,马上就不得了。他气极了,劈头打了小女孩一掌骂道:"可哑不了你!" 小顺赶紧一把拉开道:"你这老叔,小孩们念个那,有什么危险? 我编的,我还不怕,就把你怕成那样,那是真的吧是假的? 人家吃烙饼有过你的份? 你喝的不是稀饭?" 老秦就有这样一种习惯,只要年青人说他几句,他就不说话了。

吃过了饭,老秦跟小福去场里打谷子。老杨同志本来预备吃过饭去找村农会主任,可是听小顺一说,已知道工作不实在,因此又想先在群众里调查一下,便向老秦道:"我给你帮忙去。" 老秦虽说"不敢不敢",老杨同志却扛起木掀扫帚跟他们往场里去。

场子就在窑顶上,是好几家公用的。各家的谷子都不多,这天一场共摊了四家的谷子,中间用谷草隔开了界。

老杨同志到场子里什么都通,拿起什么家具来都会用,特别是好扬家,不只给老秦扬,也给那几家扬了一会,大家都说"真是一张好木掀"(就是说他用木掀用得好)。一场谷打罢了,打谷的人都坐在老槐树底休息,喝水,吃干粮,蹲成一圈围着老杨同志问长问短,只有老秦仍是毕恭毕敬站着,不敢随便说话。小顺道:"杨同志! 你真是个好把式! 家里一定种地很多吧?" 老杨同志道:"地不多,可是做得不少! 整整给人家住过十年长工!" 老秦一听老杨同志说是个住长工出身,马上就看不起他了,一屁股坐在墙根下道:"小福! 不去场里担糠还等什么？"小福正想听老杨同志谈些新鲜事，不想半路走开，便推托道："不给人家小顺哥割谷？"老秦道："担糠回来误得了？小孩子听起闲话来就不想动了！"小福无法，只好去担糠。他才从家里挑起篓来往场里走，老秦也不顾别人谈话，又喊道："细细绑起来！不要只扫个场心！"他这样子，大家都觉着他不顺眼，小保向他发话道："你这老汉真讨厌！人家说个话你偏要乱吵！想听就悄悄听，不想听你不能回去歇歇？"老秦受了年轻人的气自然没有话说，起来回去了。小顺向老杨同志道："这老汉真讨厌！吃亏，怕事，受了一辈子穷，可瞧不起穷人。你一说你住过长工，他马上就变了个样子。"老杨同志笑了笑道："是的！我也看出来了。"

广聚依着恒元的吩咐，一吃过饭就来招呼老杨同志，可是那里也找不着，虽然有人说在场子里，远远看了一下，又不见一个闲人（他想不到县农会主席还能做起活来），从东头找到西头，西头又找到东头来，才算找到。他一走过来，大家什么都不说了。他向老杨同志道："杨同志！咱们回村公所去吧！"老杨同志道："好，你且回去，我还要跟他们谈谈。"广聚道："跟他们这些人能谈个什么？咱们还是回公所去歇歇吧！"老杨同志见他瞧不起大家，又想碰他几句，便半软半硬地发话道："跟他们谈话就是我的工作，你要有什么话等我闲了再谈吧！"广聚见他的话头又不对了，也不敢强叫，可是又想听听他们谈什么，因此也不愿走开，就站在圈外。大家见他不走，谁也不开口，好像庙里十八罗汉像，一个个都成了哑子。老杨同志见他不走开大家不敢说话，已猜着大家是被他压迫怕了，想赶他走开，便向他道："你还等谁？"他呶呶唧唧道："不等谁了！"说着就溜走了。老杨同志等他走了十几步远，故意向大家道："没有见过这种村长！农救会的人到村里，不跟农民谈话，难道跟你村长去谈？"大家亲眼看见自己惹不起的厉害人受了碰，觉着老杨同志真是自己人。

天气不早了，小顺喊叫小福去割谷，老杨同志见小顺说话很痛快，想多跟他打听一些村里的事，便向他道："多借个镰，我也给你割去！"小明、小保也想多跟老杨同志谈谈，齐声道："我也去！"小顺本来只问了个小福，连自己一共两个人，这会却成了五个。这五个人说说话话，一同往地里去了。

八、"老""小"字辈准备翻身

五个人到了地，一边割谷一边谈话。小顺果然说话痛快，什么也不忌讳。老杨同志提到晌午听的那四句歌，很夸奖小顺编得好。小保道："他还是徒弟，他师父比他编得更好。"老杨同志笑道："这还是有师父的？"向小顺道："把你师父编出来的给咱念几段听一听吧？"小顺道："可以！你要想听这，管保听到天黑也听不完？"说着便念起来。他每念一段，先把事实讲清楚了然后才念，这样便把村里近几年来的事情翻出来许多。老杨同志越听越觉着有意思，比自己一件一件打听出来的事情又重要又细致，因此想亲自访问他这师父一次，就问小顺道："这歌编得果然好，我想见见这个人，吃了晚饭你能领上我去他家里闲坐一会吗？"小顺道："可惜他不在村里了，叫人家广

聚把他撵跑了!"接着就把丈地时候的故事从头至尾说了一遍,
一直说到小元被送县受训,有才逃到柿子洼。老杨同志问道:
"柿子洼离这里有多么远?"小顺往西南山洼里一指道:"那不
是?不远!五里地!"老杨同志道:"我看这三亩谷也割不到
黑!你们着个人去把他请回来,咱们晚上跟他谈谈!"小明道:
"只要敢回来,叫一声他就回来了!我去!"老杨同志道:"叫
他放心回来!我保他无事!"小顺道:"小明叔腿不快!小福你
去吧!"小福很高兴地说了个"可以",扔下镰就跑了。小福
去后老杨同志仍然跟大家接着谈话,把近几年来村里的变化差
不多都谈完了。最后老杨同志问道:"这些事情,章工作员怎么
不知道?"小保道:"章工作员倒是个好人,可惜没经过事,一
来就叫人家团弄住了。"他直谈到天快黑,谷也割完了,小福
把有才也叫来了,大家仍然相跟着回去吃饭。

　　小顺家晚饭是谷子面干粮豆面条汤,给他割谷的都在他家
吃。小顺硬要请老杨同志也在他家吃,老杨同志见他是一番实
意,也就不再谦让,跟大家一齐吃起来。小顺又给有才端了碗
汤拿了两个干粮,有才是自己人,当然也不客气。老秦听说老
杨同志敢跟村长说硬话,自然又恭敬起来,把晌午剩下的汤面
条热了一热,双手捧了一碗送给老杨同志。

　　晚饭吃过了,老杨同志向有才道:"你住在哪个窑里?今天
晚上咱们大家都到你那里谈一会吧!"有才就坐在自己的门口,
顺手指道:"这就是我的窑!"老杨同志抬头一看,见上面还贴
着封条,不由他不发怒。他跳起来一把把封条撕破了道:"他妈
的!真敢欺负穷人!"又向有才道:"开门进去吧!"有才道:

"这锁也是村公所的!"老杨同志道:"你去叫村公所人来给你开! 就说我把你叫来谈话啦!"有才去了。

有才找着了广聚,说道:"县农会杨同志找我回来谈话,叫你去开门啦!"广聚看这事情越来越硬,弄得自己越得不着主意,有心去找恒元,又怕因为这点小事受恒元的碰。他想了一想,觉着农救会人还是叫农救会干部去应酬,主意一定,就向有才道:"你等等,我去取钥匙去!"他回家取上钥匙,又去把得贵叫来,暗暗嘱咐了一番话,然后把钥匙给了得贵,便向有才道:"叫他给你开去吧!"有才就同得贵一同回到老槐树底。

得贵跟恒元死吃了多年残剩茶饭,半通不通的浮言客套倒也学得了几句。他一见老杨同志,就满面赔笑道:"这位就是县农会主席吗,慢待慢待!我叫张得贵,就是这村的农会主席。晌午我就听说你老人家来了,去公所拜望了好几次也没有遇面……"说着又是开门又是点灯,客气话说得既然叫听人搀不上嘴,小殷勤也做得叫别人帮不上手。老杨同志在地里已经听小顺念过有才给他编的歌,知道他的为人,也就不多接他的话。等他忙乱过后,大家坐定,老杨同志慢慢问他道:"这村共有多少会员?"他含糊答道:"唉!我这记性很坏,记不得了,有册子,回头查查看!"老杨同志道:"共分几小组?"他道:"这这这我也记不不清了。"老杨同志放大嗓子道:"连几个小组也记不得,有几个执行委员?"他更莫名其妙,赶紧推托道:"我我是个老粗人,什么也不懂,请你老人家多多包涵!"老杨同志道:"你不懂只说你不懂,什么粗人不粗人?农救会根本没有收过一个细人入会!连组织也不懂,不只不能当主席,也没有资格当会员，今天把你这主席资格会员资格一同取消了吧！以后农救会的事不与你相干！"他一听要取消他的资格，就转了个弯道："我本来办不了。辞了几次也辞不退，村里只要有点事，想不管也不行！……"老杨同志道："你跟谁辞过？"他道："村公所！"老杨同志道："当日是谁教你当的？"他道："自然也是村公所！"老杨同志说："不怨你不懂，原来你就不是由农救会来的！去吧！这一回不用辞就退了！"他还要啰嗦，老杨同志挥着手道："去吧去吧，我还有别的事啦！"这才算把他赶出去。

　　这天因为有才回来了，邻居们都去问候，因此人来得特别多，来了又碰上老杨同志取消得贵，大家也就站住看起来了。老杨同志把得贵赶走之后，顺便向大家道："组织农救会是叫受压迫农民反对压迫自己的人。日本鬼子压迫我们，我们就反对日本鬼子；土豪恶霸压迫我们，我们就反对土豪恶霸。张得贵能领导你们反对鬼子吗？能领导着你们反对土豪恶霸吗？他能当个什么主席？……"老杨同志借着评论得贵，顺路给大家讲了讲"农救会是干什么的"，大家听得很起劲。不过忙时候总是忙时候，大家听了一小会，大部分就都回去睡了，窑里只剩下小明、小保、小顺、有才四个人（小福没有来，因为后响没有担完糠，吃过晚饭又去担去了）。老杨同志道："请你们把恒元那一伙人做的无理无法的坏事拣大的细细说几件，我把他记下来。"说着取出钢笔和笔记簿子来道："说吧，就先从喜富撇差说起！"小明道："我先说吧？说漏了大家补！"接着便说起来。他才说到喜富赔偿大家损失的事，小顺忽听窗外好像有人，便喊道："谁？"喊了一声，果然有个人咚咚咚跑了。大家停住了话，小保、小顺出来到门外一看，远远来了一个人，走近了才认得是小福。小顺道："是你！你不进来怎么跑了？"小福道："哪里是我跑？是老得贵！我担完了糠一出门就见他跑过去了！"小保道："老家伙，又去报告去了！"小顺道："要防备这老家伙坏事！你们回去谈吧？我去站个岗。"小顺说罢往窑顶上的土堆上去了，大家仍旧接着谈。老杨同志把材料记了一大堆，便向大家道："我看这些材料中，押地，不实行减租，喜富不赔款，村政权不民主，这四件事最大，因为在这四件事上吃亏的是大多数。咱们要斗争他们，就要叫恒元退出押地，退出多收的租米，叫喜富照县里判决的数目赔款，彻底改选了村政干部。其馀各人吃亏的事，只要各个人提出，该怎么办就怎么办；只要这样一来他们就倒台了，受压迫的老百姓就抬起头来了。"

小明道："能弄成那样，那可真是又一番世界，可惜没有阎家——如今就想不出这么个可出头的人来。有几个能写能算、见过世面、干得了说话的，又差不多跟人家近，跟咱远。"老杨同志道："现在的事情，要靠大家，不只靠一两个人——这也跟打仗一样，要凭有队伍，不能只凭指挥的人。指挥的人自然也很要紧，可是要从队伍里提拔出来的才能靠得住。你不要说没有人，我看这老槐树底的能人也不少，只要大家抬举，到个大场面上，可真能说他几句。"小保道："这道理是对的，只是说到真事上我就蒙懂了。就像咱们要斗争恒元，可该怎样下手？咱又不是村里的什么干部，怎样去集合人？怎样跟人家去说？人家要说理咱怎么办？人家要翻了脸咱怎么办？……"老杨同志道："你想得很是路，咱们现在预备就是要预备这些。咱们这些人数目虽然不少，可是散着不能办事，还得组织一下。到人家进步的地方，早就有组织起来的工农妇青各救会，你们这里因为一切大权都在恶霸手里，什么组织也没有。依我说，咱们明天先把农救会组织起来，就用农救会出名跟他们说理。咱们只要按法令跟他说，他们使的黑钱、押地、多收了人家的租子，就都得退出来。他要无理混赖，现在的政府可不像从前的衙门，不论他是多么厉害的人，犯了法都敢治他的罪！"小保道："这农救会该怎么组织？"老杨同志就把"会员手册"取出来，给大家把会员的权利、义务、入会资格、组织章程等大概讲了一些，然后向大家道："我看现在很好组织，只要说组织起来能打倒恒元那一派，再不受他们的压迫，管保愿意参加的人不少！"小保道："那么明天你就叫村公所召开个大会，你把这道理先给大家宣传宣传，就叫大家报名参加，咱们就快快组织起来干！"老杨同志道："那办法使不得！"小保道："从前章工作员就是那么做的，不过后来没有等大家报名，不知道怎样老得贵就成了主席了！"老杨同志道："所以我说那办法使不得。那办法还不只是没有人报名：一来在那种大会上讲话，只能笼统讲，不能讲得很透彻；二来既然叫大家来报名，像与恒元有关系那些人想报上名给恒元打听消息，可该收呀不收？我说不用那样做：你们有两个人会编歌，就把'入了农救会能怎样怎样'编成个歌传出去，凡是真正受压迫的人听了，一定有许多人愿意入会，然后咱们出去几个人跟他们每个人背地谈谈，愿意入会的就介绍他入会。这样组织起来的会，一来没有恒元那一派的人，二来入会以后都知道会是做什么的。"大家齐声道："这样好，这样好!"小保道："那么就请有才老叔今天黑夜把歌编成，编成了只要念给小顺，不到明天晌午就能传遍。"老杨同志道："这样倒很快，不过还得找几个人去跟愿意入会的人谈话，然后介绍他们入会。"小福道："小明叔交人很宽，只要出去一转还不是一大群!"老杨同志道："我说老槐树底有能人你们看有没有?"正说着，小顺跑进来道："站了一会岗又调查出事情来了：广聚、小元、马凤鸣、启昌，都往恒元家里去了，人家恐怕也有什么布置。我到他门口看看，门关了，什么也听不见!"老杨同志道："听不见由他去吧！咱们谈咱们的。你们这几个人算是由我介绍先入了会，明天你们就可以介绍别人，天气不早了，咱们散了吧!"说了就散了。

九、斗争大胜利

自从老杨同志这天后晌碰了广聚一顿，晚上又把有才叫回，又取消张得贵的农会主席，就有许多人十分得意，暗暗道："试试，假大头也有不厉害的时候?"第二天早上，这些人都想看看老杨同志是怎么一个人，因此吃早饭时候，端着碗来老槐树底的特别多。有才应许下的新歌，夜里编成，一早起来就念给小顺了。小顺就把这歌传给大家，歌是这样念：

入了农救会，力量大几倍，

谁敢压迫咱，大家齐反对。

清算老恒元，从头算到尾；

黑钱要他赔，押地要他退；

减租要认真，一颗不许昧。

干部不是人，都叫他退位；

再不吃他亏，再不受他累。

办成这些事，痛快几百倍，

想要早成功，大家快入会！

提起反对老恒元，阎家山没有几个不赞成的，再说到能叫他赔黑款，退押地……大家的劲儿自然更大了，虽然也有许多怕得罪不起人家不敢出头的，可是仇恨太深，愿意干的究竟是多数。还有人说："只要能打倒他，我情愿再贴上几亩地！"他们听了这入会歌，马上就有二三十人入会的，小保就给他们写上了人名，山窝铺的佃户们，无事不到山里来。老杨同志道："谁可以去组织他们？"有才道："这我可以去，我常在他们山上放牛，跟他们最熟。"打发有才上了山，小明就到村里去活动，不到晌午就介绍了五十五个会员。小明向老杨同志道："依我看来，凡是敢说敢干的，差不多都收进来了；还有些胆子小的，虽然也跟咱是一气，可是自己又不想出头，暂且还不愿参加。"老杨同志道："不少，不少，这么大个小村子，马上说话马上能组织起五十多个人来，在我作过工作的村子里，这还算第一次遇到。从这件事上看，可以看出一般人对他们仇恨太深，斗起来一定容易胜利！事情既然这么顺当，咱们晚上就可以开个成立大会，选举出干部，分开小组，明天就能干事。这村里这么多的问题，区上还不知道，我可以连夜回区上一次，请他们明天来参加群众大会。"正说着，有才回来了，有几家佃户也跟着来了。佃户们见了老杨同志，先问："要是生起气来，人家要夺地该怎么办？"老杨同志就把法令上的永佃权给他们讲了一遍，叫他们放心。小明道："山上人也来了，我看就可以趁着晌午开个会。"老杨同志道："这样更好！晌午开了会，赶天黑我还能回到区上。"小明道："这会咱们到什么地方开？"老杨同志道："介绍会员不叫他们知道，是怕那些坏家伙混进来；开成立大会可不跟他们偷偷摸摸，到大庙里成立去！"吃过了午饭，庙里的大会开了，选举的结果，小保、小明、小顺当了委员。三个人一分工，小保担任主席，小明担任组织，小顺担任宣传。选举完了，又分了小组，阎家山的农救会就算正式成立。

老杨同志向新干部们道："今天晚上，可以通知各小组，大家搜集老恒元的恶霸材料。"小顺道："我看连广聚、马凤鸣、张启昌、陈小元的材料都可以搜集。"老杨同志道："这不大妥当；马凤鸣、张启昌不是真心顾老恒元的人，照你们昨天谈的，这两个人有时候也反对恒元。咱们着个跟他说得来的人去给他说明利害关系，至少斗起恒元来他两人能不说话。小元他原来是你们招呼起来的人，只要恒元一倒，还有法子叫他变过来。把这些人暂且除过，只把劲儿用在恒元跟广聚身上，成功要容易得多。"老杨同志把这道理说完，然后叫他们多布置几个能说会道的人，预备在第二天的大会上提意见。

安顿停当，老杨同志便回到区公所去。他到区上把在阎家山发现的问题大致一谈，区救联会、武委会主任、区长，大家都莫名其妙，章工作员三番五次说不是事实。最后还是区长说："咱们不敢主观主义，不要以为咱们没有发现问题就算没有问题。依我说咱们明天都可以去参加这个会去，要真有那么大问题，就是在事实上整了我们一次风。"

老恒元也生了些鬼办法：除了用家长资格拉了几户姓阎的，又打发得贵向农救会的个别会员们说："你不要跟着他们胡闹，他们这些工作人员，三天调了，五天换了，老村长是永远不离阎家山的，等他们走了，你还出得了老村长的手心吗？"果然有几个人听了这话，去找小明要退出农救会，小明急了，跟小保小顺们商议。小顺道："他会说咱也会说，咱们再请有才老叔编上个歌，多多写几张把村里贴满，吓他一吓！"有才编了个短歌，连编带写，小保也会写，小顺、小福管贴，不大一会就把事情办了，连老恒元门上也贴了几张。第二天早上，满街都有人在墙上念歌：

> 工作员，换不换，
>
> 农救会，永不散，
>
> 只要你恒元不说理，
>
> 几时也要跟你干！

这样才算把得贵的谣言压住。

吃过早饭，老杨同志跟区长、救联主席、武委会主任、章工作员一同来了，一来就先到老槐树底蹓了一趟，这一着是老恒元、广聚们没有料到的，因此马上慌了手脚。

群众大会开了，恒元的违法事实，大家一天也没有提完。起先提意见的还只是农救会人，后来不是农救会人也提起意见了。恒元最没法巧辩的是押地跟不实行减租，其馀捆人、打人、罚钱、吃烙饼……他虽然想尽法子巧辩，只是证据太多，一条也辩不脱。

第二天仍然继续开会，直到晌午才算开完。斗争的结果老恒元把八十四亩押地全部退回原主，退出多收了的租，退出有证据的黑钱。因为私自减了喜富的赔款，刘广聚由区公所撤职送县查办。喜富的赔款仍然如数赔出。在斗争时候，自然不能十分痛快，像退押契，改租约……也费了很大周折，不过这种斗争，人们差不多都见过，不必细叙。

吃过午饭，又选村长，这次的村长选住了小保，因此农救会又补选了委员。因为斗争胜利，要求加入农救会的人更多起来，经过了审查，又扩充了四十一个新会员。其馀村政委员，除了马凤鸣跟张启昌不动外，老恒元父子也被大家罢免了另行选过。

选举完了，天也黑了，区干部连老杨同志都住在村公所，因为村里这么大问题章工作员一点也不知道，还常说老恒元是开明士绅，大家就批评了他一次，老杨同志指出他不会接近群众，一来了就跟恒元们打热闹，群众有了问题自然不敢说。其馀的同志，也有说是"思想意识"问题或"思想方法"问题的，叫章同志作一番比较长期的反省。

批评结束了，大家又说起闲话，老杨同志顺便把李有才这个人介绍了一下，大家觉着这人很有趣，都说"明天早上去访一下"。

一○、"板人"作总结

　　老杨同志跟区干部们因为晚上多谈了一会话，第二天醒得迟了一点。他们一醒来，听着村里地里到处喊叫，起先还以为出了什么事，仔细一听，才知道是唱不是喊。老杨同志是本地人，一听就懂，便向大家道："你听老百姓今天这股高兴劲儿！'干梆戏'唱得多么喧！"（这地方把不打乐器的清唱叫"干梆戏"。）

　　正说着，小顺唱着进公所来。他跳跳打打向老杨同志跟区干部们道："都起来了？昨天累了吧？"看神气十分得意。老杨同志问道："这场斗争老百姓觉着怎样？"小顺道："你就没有听见'干梆戏'？真是天大的高兴，比过大年高兴得多啦！地也回来了，钱也回来了，吃人虫也再不敢吃人了，什么事有这事大？"老杨同志道："李有才还在家吧？"小顺道："在！他这几天才回来没有什么事，叫他吧？"老杨同志道："不用！我们一早起好到外边蹓一下，顺路就蹓到他家了！"小顺道："那也好！走吧？"小顺领着路，大家就往老槐树底来。

　　才下了坡，忽然都听得有人吵架。区长问道："这是谁吵架？"小顺道："老陈骂小元啦！该骂！"区干部们问起底细，小顺道："他本来是老槐树底人，自己认不得自己，当了个武委会主任，就跟人家老恒元打成一伙，在庙里不下来。这两天斗起老恒元来了，他没处去，仍然回到老槐树底。老陈是他的叔父，看不上他那样子，就骂起他来。"区干部们听老杨同志说过这事，所以区武委会主任才也来了。区武委会主任道："趁斗倒了恒元？批评他一下也是个机会。"大家本是出来闲找有才的，遇上了比较正经的事自然先办正经事，因此就先往小元家。老陈正骂得起劲，见他们来了，就停住了骂，把他们招呼进去。武委会主任也不说闲话，直截了当批评起小元来，大家也接着提出些意见，最后的结论分三条：第一是穿衣吃饭跟人家恒元们学样，人家就用这些小利来拉拢自己，自己上了当还不知道；第二是不生产，不劳动，把劳动当成丢人事，忘了自己的本分；第三是借着一点小势力就来压迫旧日的患难朋友。区武委会主任最后等小元承认了这些错误，就向他道："限你一个月把这些毛病完全改过，叫全村干部监视着你。一个月以后倘若还改不完，那就没有什么客气的了！"老陈听完了他们的话，把膝盖一拍道："好老同志们！真说得对！把我要说他的话全说完了！"又回头向小元道："你也听清楚了，也都承认过了！看你做的那些事以后还能见人不能？"老杨同志道："这老人家也不要那样生气！一个人做了错，只要能真正改过，以后仍然是好人，我们仍然以好同志看他！从前的事情已经过去了，仅责备他也无益，我看以后不如好好帮助他改过，你常跟他在一处，他的行动你都可以知道，要是见他犯了旧错，常常提醒他一下，也就是帮助了他了……"

谈了一会，已是吃早饭时候，老杨同志跟区干部们就从小元家里走出。他们路过老秦门口，冷不防见老秦出来拦住他们，跪在地下咕咚咕咚磕了几个头道："你们老先生们真是救命恩人呀！要不是你们诸位，我的地就算白白押死了……"老杨同志把他拉起来道："你这老人家真是认不得事，斗争老恒元是农救会发动的，说理时候是全村人跟他说的，我们不过是几个调解人。你的真恩人是农救会，是全村民众，那里是我们？依我说你也不用找人谢恩，只要以后遇着大家的事靠前一点，大家是你的恩人，你也是大家的恩人……"老秦还要让他们到家里吃饭，他们推推让让走开。

李有才见小顺说老杨同志跟区干部们找他，所以一吃了饭，取起他的旱烟袋就往村公所来。从他走路的脚步上，可以看出比哪一天也有劲。他一进庙门，见区村干部跟老杨同志都在，便道："找我吗？我来了！"小保道："这老叔今天也这么高兴？"有才道："十五年不见的老朋友，今天回来了，怎能不高兴？"小明想了一想问道："你说的是个谁？我怎么想不起来？"有才道："一说你就想起来了！我那三亩地不是押了十五年了吗？"他一说大家都想起来了，不由得大笑了一阵。

老杨同志向有才道："最好你也在村里担任点工作干，你很有才干，也很热心！"小明道："当个民众夜校教员还不是呱呱叫？"大家拍手道："对！对！最合适！"

老杨同志向有才道："大家想请你把这次斗争编个纪念歌好不好？"有才道："可以！"他想了一会，向大家道："成了成了！"接着念道：

> 阎家山，翻天地，
> 群众会，大胜利。
> 老恒元，泄了气，
> 退租退款又退地。

> 刘广聚，大舞弊，
>
> 犯了罪，没人替。
>
> 全村人，很得意，
>
> 再也不受冤枉气。
>
> 从村里，到野地，
>
> 到处唱起"干梆戏"。

大家听他念了，都说不错，老杨同志道："这就算这场事情的一个总结吧！"

谈了一小会，区干部回区上去了，老杨同志还暂留在这一带突击秋收工作，同时在工作中健全各救会组织。

一九四三，一〇，写于太行

小二黑结婚

一、神仙的忌讳

刘家峧有两个神仙：一个是前庄上的二孔明，一个是后庄上的三仙姑。二孔明也叫二诸葛，原来叫刘修德，当年作过生意，抬脚动手都要论一论阴阳八卦，看一看黄道黑道。三仙姑是后庄于福的老婆，每月初一十五都要顶着红布摇摇摆摆装扮天神。

二孔明忌讳"不宜栽种"，三仙姑忌讳"米烂了"。这里边有两个小故事：有一年春天大旱，直到阴历五月初三才下了四指雨。初四那天大家都抢着种地，二孔明看了看历书，又切指算了一下说："今日不宜栽种。"初五日是端午，他历年就不在端午这天做什么，又不曾种；初六倒是个黄道吉日，可惜地干了，虽然勉强把他的四亩谷子种上了，却没有出够一半。后来直到十五才又下雨，别人家都在地里锄苗，二孔明却领着两个孩子在地里补空子，邻家有个后生，吃饭时候在街上碰上二孔明便问道："老汉！今天宜栽种不宜？"二孔明翻了他一眼，扭转头返回去了，大家就嘻嘻哈哈传为笑谈。

三仙姑有个女孩叫小芹。一天，金旺他爹到三仙姑那里问病，三仙姑坐在香案后唱，金旺他爹跪在香案前听。小芹那年才九岁，晌午做捞饭，把米下进锅里了，听见她娘哼哼得很中听，站在桌前听了一会，把做饭也忘了。一会，金旺他爹出去小便。三仙姑趁空子向小芹说："快去捞饭！米烂了！"这句话却不料就叫金旺他爹听见，回去就传开了。后来有些好玩笑的人，见了三仙姑就故意问别人："米烂了没有？"

二、三仙姑的来历

三仙姑下神，足足有三十年了。那时三仙姑才十五岁，刚刚嫁给于福，是前后庄上第一个俊俏媳妇。于福是个老实后生，不多说一句话，只会在地里死受。于福的娘早死了，只有个爹，父子两个一上了地，家里就只留下新媳妇一个人。村里的年轻人们觉着新媳妇太孤单，就慢慢自动地来跟新媳妇作伴，不几天就集合了一大群，每天嘻嘻哈哈，十分哄伙。于福他爹看见不像个样子，有一天发了脾气，大骂一顿，虽然把外人挡住了，新媳妇却跟他闹起来。新媳妇哭了一天一夜，头也不梳，脸也不洗，饭也不吃，躺在炕上，谁也叫不起来，父子两个没了办法。邻家有个老婆替她请了一个神婆子，在她家下了一回神，说是三仙姑跟上她了，她也哼哼唧唧自称吾神长吾神短，从此以后每月初一十五就下起神来，别人也给她烧起香来求财问病，三仙姑的香案便从此设起来了。

青年们到三仙姑那里去，要说是去问神，还不如说是去看圣像。三仙姑也暗暗猜透大家的心事，衣服穿得更新鲜，头发梳得更光滑，首饰擦得更明，宫粉搽得更匀，不由青年们不跟着她转来转去。

这是三十来年前的事，当时的青年，如今都已留下胡子，家里大半又都是子媳成群，所以除了几个老光棍，差不多都没有那些闲情到三仙姑那里去了。三仙姑却和大家不同，虽然已经四十五岁，却偏爱当个老来俏，小鞋上仍要绣花，裤腿上仍要镶边，顶门上的头发脱光了，用黑手帕盖起来，只可惜宫粉涂不平脸上的皱纹，看起来好像驴粪蛋上下上了霜。

老相好都不来了，几个老光棍不能叫三仙姑满意，三仙姑又团结了一伙孩子们，比当年的老相好更多，更俏皮。

三仙姑有什么本领能团结这伙青年呢？这秘密在她女儿小芹身上。

三、小芹

三仙姑前后共生过六个孩子，就有五个没有成人，只落了一个女儿，名叫小芹。小芹当两三岁时候，就非常伶俐乖巧，三仙姑的老相好们，这个抱过来说是"我的"，那个抱起来说是"我的"，后来小芹长到五六岁，知道这不是好话，三仙姑教她说："谁再这么说，你就说'是你的姑姑'。"说了几回，果然没有人再提了。

小芹今年十八了，村里的轻薄人说，比她娘年轻时候好得多。青年小伙子们，有事没事，总想跟小芹说句话。小芹去洗衣服，马上青年们也都去洗；小芹上树采野菜，马上青年们也都去采。

吃饭时候，邻居们端上碗爱到三仙姑那里坐一会，前庄上的人来回一里路，也并不觉得远。这已经是三十年来的老规矩，不过小青年们也这样热心，却是近二三年来才有的事。三仙姑起先还以为自己仍有勾引青年的本领，日子长了，青年们并不真正跟她接近，她才慢慢看出门道来，才知道人家来了为的是小芹。

不过小芹却不跟三仙姑一样：表面上虽然也跟大家说说笑笑，实际上却不跟人乱来，近二三年，只是跟小二黑好一点。前年夏天，有一天前晌，于福去地，三仙姑去串门，家里只留下小芹一个人，金旺来了，嬉皮笑脸向小芹说："这会可算是个空子吧？"小芹板起脸来说："金旺哥！咱们以后说话要规矩些！你也是娶媳妇大汉了！"金旺撇撇嘴说："咦！装什么假正经？小二黑一来管保你就软了！有便宜大家讨开点，没事；要正经除非自己锅底没有黑！"说着就拽住小芹的胳膊悄悄说："不用装模作样了！"不料小芹大声喊道："金旺！"金旺赶紧放手跑出来。一边还咄念道："等得住你！"说着就悄悄溜走了。

四、金旺弟兄

提起金旺来，刘家峧没有人不恨他，只有他一个本家兄弟名叫兴旺跟他对劲。

金旺他爹虽是个庄稼人，却是刘家峧一只虎，当过几十年老社首，捆人打人是他的拿手好戏。金旺长到十七八岁，就成了他爹的好帮手，兴旺也学会了帮虎吃食。从此金旺他爹想要捆谁，就不用亲自动手，只要下个命令，自有金旺兴旺代办。

抗战初年，汉奸敌探溃兵土匪到处横行，那时金旺他爹已经死了，金旺兴旺弟兄两个，给一支溃兵作了内线工作，引路绑票，讲价赎人，又做巫婆又做鬼，两头出面装好人。后来八路军来，打垮溃兵土匪，他两人才又回到刘家峧。

山里人本来就胆子小，经过几个月大混乱，死了许多人，弄得大家更不敢出头了。别的大村子都成立了村公所、各救会、武委会，刘家村却除了县府派来一个村长以外，谁也不愿意当干部。不久，县里派人来刘家峧工作，要选举村干部，金旺跟兴旺两个人看出这又是掌权的机会，大家也巴不得有人愿干，就把兴旺选为武委会主任，把金旺选为村政委员，连金旺老婆也被选为妇救会主席，其他各干部，硬捏了几个老头子出来充数。只有青抗先队长，老头子充不得。兴旺看见小二黑这个小孩子漂亮好玩，随便提了一下名就通过了，他爹二诸葛虽然不愿，可是惹不起金旺，也没有敢说什么

村长是外来的，对村里情形不十分了解，从此金旺兴旺比前更厉害了，只要瞒住村长一个人，村里人不论哪个都得由他两个调遣。这几年来，村里别的干部虽然调换了几个，而他两个却好像铁桶江山。大家对他两个虽是恨得入骨，可是谁也不敢说半句话，都恐怕扳不倒他们，自己吃亏。

五、小二黑

小二黑，是二诸葛的二小子，有一次反扫荡打死过两个敌人，曾得到特等射手的奖励。说到他的漂亮，那不只在刘家峧有名，每年正月扮故事，不论去到哪一村，妇女们的眼睛都跟着他转。

小二黑没有上过学，只是跟着他爹识了几个字。当他六岁时候，他爹就教他识字。识字课本既不是《五经四书》，也不是常识国语，而是从天干、地支、五行、八卦、六十四卦名等学起，进一步便学些《百中经》、《玉匣记》、增删卜易、麻衣神相、奇门遁甲、阴阳宅等书。小二黑从小就聪明，像那些算属相、卜六壬课、念大小游年或"甲子乙丑海中金"等口诀，不几天就都弄熟了，二诸葛也常把他引在人前卖弄。因为他长得伶俐可爱，大人们也都爱跟他玩；这个说"二黑，算一算十岁属什么"，那个说"二黑，给我卜一课！"后来二诸葛因为说"不宜栽种"误了种地，老婆也埋怨，大黑也埋怨，庄上人也都传为笑谈，小二黑也跟着这事受了许多奚落。那时候小二黑十三岁，已经懂得好歹了，可是大人们仍把他当成小孩来玩弄，好跟二诸葛开玩笑的，一到了家，常好对着二诸葛问小二黑道："二黑，算算今天宜不宜栽种？"和小二黑年纪相仿的孩子们，一跟小二黑生了气，就连声喊道："不宜栽种不宜栽种……"小二黑因为这事，好几个月见了人躲着走，从此就和他娘商量成一气，再不信他爹的鬼八卦。

小二黑跟小芹相好已经二三年了。那时候他才十六七，原不过在冬天夜长时候，跟着些闲人到三仙姑那里凑热闹，后来跟小芹混熟了，好像是一天不见面也不能行。后庄上也有人愿意给小二黑跟小芹做媒人，二诸葛不愿意，不愿意的理由有三：第一小二黑是金命，小芹是火命，恐怕火克金；第二小芹生在十月，是个犯月；第三是三仙姑的声名不好。恰巧在这时候彰德府来了一伙难民，其中有个老李带来个八九岁的小姑娘，因为没有吃的，愿意把姑娘送给人家逃个活命。二诸葛说是个便宜，先问了一下生辰八字，切算了半天说："千里姻缘使线牵"，就替小二黑收作童养媳。

虽然二诸葛说是千合适万合适，小二黑却不认账。父子们吵了几天，二诸葛非养不行，小二黑说："你愿意养你就养着，反正我不要！"结果虽把小姑娘留下了，却到底没有说清楚算什么关系。

六、斗争会

金旺自从碰了小芹的钉子以后，每日怀恨，总想设法报一报仇。有一次武委会训练村干部，恰巧小二黑发疟疾没有去。训练完毕之后，金旺就向兴旺说："小二黑是装病，其实是被小芹勾引住了，可以斗争他一顿。"兴旺就是武委会主任，从前也碰过小芹一回钉子，自然十分赞成金旺的意见，并且又叫金旺同去和自己的老婆说一下，发动妇救会也斗争小芹一番。金旺老婆现任妇救会主席，因为金旺好到小芹那里去，早就恨得小芹了不得。现在金旺回去跟她说要斗争小芹，这才是巴不得的机会，丢下活计，马上就去布置。第二天，村里开了两个斗争会，一个是武委会斗争小二黑，一个是妇救会斗争小芹。

二黑自己没有错，当然不承认，嘴硬到底，兴旺就下命令，把他捆起来送交政府机关处理。幸而村长脑筋清楚，劝兴旺：“小二黑发疟是真的，不是装病，至于跟别人恋爱，不是犯法的事，不能捆人家。”兴旺说：“他已是有了女人的。”村长说：“村里谁不知道小二黑不承认他的童养媳。人家不承认是对的；男不过十六、女不过十五，不到订婚年龄。十来岁小姑娘，长大也不会来认这笔账。小二黑满有资格跟别人恋爱，谁也不能干涉。”兴旺没话说了，小二黑反要问他：“无故捆人犯法不犯？”经村长双方劝解，才算放了完事。

金旺还没有离村公所，小芹拉着妇救会主席也来找村长，她一进门就说：“村长！捉贼要赃，捉奸要双，当了妇救会主席就不说理了？”兴旺见拉着金旺的老婆，生怕说出这事与自己有关，赶紧溜走。后来村长问了问情由，费了好大一会唇舌，才给她们调解开。

七、三仙姑许亲

两个斗争会开过以后，事情包也包不住了，小二黑也知道这事是合理合法的了，索性就跟小芹公开商量起来。

三仙姑却着了急。她跟小芹虽是母女，近几年来却不对劲。三仙姑爱的是青年们，青年们爱的是小芹。小二黑这个孩子，在三仙姑看来好像鲜果，可惜多一个小芹，就没了自己的份儿。她本想早给小芹找个婆家推出门去，可是因为自己声名不正，差不多都不愿意跟她结亲。开罢斗争会以后风言风语都说小二黑要跟小芹自由结婚，她想要真是那样的话，以后想跟小二黑说句笑话都不能了，那是多么可惜的事，因此托东家求西家要给小芹找婆家。

"插起招军旗，就有吃粮人"。有个吴先生是在阎锡山部下当过旅长的退职军官，家里很富，才死了老婆。他在奶奶庙大会上见过小芹一面，愿意续她，媒人向三仙姑一说，三仙姑当然愿意。不几天过了礼帖，就算定了，三仙姑以为了却一宗心事。

小芹已经和小二黑商量得差不多了，如何肯听她娘的话？过礼那一天，小芹跟她娘闹起来，把吴先生送来的首饰绸缎扔下一地。媒人走后，小芹跟她娘说："我不管！谁收了人家的东西谁跟人家去！"

三仙姑愁住了，睡了半天，晚饭以后，说是神上了身，打了两个呵欠就唱起来。她起先责备于福管不了家，后来说小芹跟吴先生是前世姻缘，还唱些什么"前世姻缘由天定，不顺天意活不成……"于福跪在地下哀求，神非教他马上打小芹一顿不可。小芹听了这话，知道跟这个装神弄鬼的娘说不出什么道理来，干脆躲了出去，让她娘一个人胡说。

小芹一个人悄悄跑到前庄上去找小二黑，恰在路上碰上小二黑去找她，两个就悄悄拉着手到一个大窑里去商量对付三仙姑的法子。

八、拿双

　　小芹把她娘怎样主婚，怎样装神，唱些什么，从头至尾细细向小二黑说了一遍。小二黑说："不用理她！我打听过区上的同志，人家说只要男女本人愿意，就能到区上登记，别人谁也作不了主……"说到这里，听见外边有脚步声，小二黑伸出头来一看，黑影里站着四五个人，有一个说："拿双拿双！"他两人都听出是金旺的声音，小二黑起了火，大叫道："拿？没有犯了法！"兴旺也来了，下命令道："捉住捉住，我就看你犯法不犯法，给你操了好几天心了！"小二黑说："你说去那里咱就去那里，到边区政府你也不能把谁怎么样！走！"兴旺说："走？便宜了你！把他捆起来！"小二黑挣扎了一会，无奈没有他人多，终于被他们七手八脚打了一顿捆起来了。兴旺说："里边还有个女的，也捆起来！捉奸要双，这是她自己说的！"说着就把小芹也捆起来了。

　　前庄上的人都还没有睡，听见有人吵架，有些人就跑出来看，麻秆火把下看见捆着的两个人，大家不问就都知道了八九分。二诸葛也出来了，见小二黑被人家捆起来，就跪在兴旺面前哀求道："兴旺！咱两家没有什么仇！看在我老汉面上，请你们诸位高高手……"兴旺说："这事情，我们管不了，送给上级再说吧！"小二黑说："爹！你不用管！送到哪里也不犯法！我不怕他！"兴旺说："好小子！要硬你就硬到底！"又逼住三个民兵说："带他们走！"一个民兵问："带到村公所？"兴旺说：

"还到村公所干什么？上一回不是村长放了的？送给区武委会主任按军法处理！"说着就把他两个人拥上走了。

九、二诸葛的神课

邻居们见是兴旺弟兄们捆人，也没有人敢给小二黑讲情，直等到他们走后，才把二诸葛招呼回家。

二诸葛连连摇头说："唉！我知道这几天要出事啦：前天早上我上地去，才上到岭上，碰上个骑驴媳妇，穿了一身孝，我就知道坏了，我今年是罗睺星照运，要谨防带孝的冲了运气，因此那里也不敢去，谁知躲也躲不过！昨天晚上二黑他娘梦见庙里唱戏；今天早上一个老鸦落在东房上叫了十几声……唉！反正是时运，躲也躲不过。"他啰哩啰嗦念了一大堆，邻居们听了有些厌烦，又给他说了一会宽心话，就都散了。

有事人哪里睡得着？人散了之后，二诸葛家里除了童养媳之外，三个人谁也没有睡，二诸葛摸了摸脸，取出三个制钱占了一卦，占出之后吓得他面色如土。他说："了不得呀了不得！丑土的父母动出午火的官鬼，火旺于夏，恐怕有些危险了。唉！人家把他选成青年队长，我就说过不叫他当，小杂种硬要充人物头！人家说要按军法处理，要不当队长那里犯得了军法？"老婆也拍手跺脚道："小爹呀！谁知道你要闯这么大的事啦？"大黑劝道："不怕！事已经出下了，由他去吧！我想这又不是人命事，也犯不了什么大罪！既然他们送到区上了，我先到区上打听打听！你们都睡吧！"说着点了个灯笼就走了。

二诸葛打发大黑去后，仍然低头细细研究方才占的那一卦。停了一会，远远听着有个女人哭，越哭越近，不大一会就来到窗下，一推门就进来了。二诸葛还没有看清是谁，这女人就一把把他拉住，带哭带闹说："刘修德！还我闺女！你的孩子把我的闺女勾引到那里了？还我……"二诸葛老婆正气得死去活来，一看见来的是三仙姑，正赶上出气，从炕上跳下来拉住她道："你来了好！省得我去找你！你母女两个好生生把我个孩子勾引坏，你倒有脸来找我！咱两人就也到区上说说理！"两个女人滚成一团，二诸葛一个人拉也拉不开，也再顾不上研究他的卦。三仙姑见二诸葛老婆已经不顾了命，自己先胆怯了几分，不敢恋战，少闹了一会挣脱出来就走了。二诸葛老婆追出门来，被二诸葛拦回去，还骂个不休。

一〇、恩典恩典

二诸葛一夜没有睡，一遍一遍念："大黑怎还不回来，大黑怎还不回来。"第二天天不明就起程往区上走，走到半路，远远看见大黑、三个民兵已都回来了，还来了区上一个助理员，一个交通员。他远远就喊叫道："大黑！怎么样？要紧不要紧？"大黑说："没有事！不怕！"说着就走到跟前，助理员跟三个民兵先走了。大黑告交通员说："这就是我爹！"又向二诸葛说："区上添传你跟于福老婆。你去吧，没有事！二黑跟小芹两个人，一到区上就放开了。区上早就听说兴旺跟金旺两个人不是东西，已经把他两个人押起来了，还派助理员到咱村开大会调查他们横行霸道的证据。我赶到那里人家就问罢了，听说区上还许咱二黑跟小芹结婚。"二诸葛说："不犯罪就好，结婚可不行，命相不对！你没有听说添传我做什么？"大黑说："不知道，大约也没有什么大事。你去吧，我先回去告我娘说。"交通员说："老汉！这就算见了你了！你去吧，我再传那一个去！"说了就跟大黑相跟着走了。

　　二诸葛到了区上，看见小二黑跟小芹坐在一条板凳上，他就指着小二黑骂道："闯祸东西！放了你你还不快回去？你把老子吓死了！不要脸！"区长道："干什么？区公所是骂人的地方？"二诸葛不说话了。区长问："你就是刘修德？"二诸葛答："是！"问："你给刘二黑收了个童养媳？"答："是！"问："今年几岁了？"答："属猴的，十二岁了。"区长说："女不过十五岁不能订婚，把人家退回娘家去，刘二黑已经跟于小芹订婚了！"二诸葛说："她只有个爹，也不知逃难逃到哪里去了，退也没有处退。女不过十五不能订婚，那不过是官家规定，其实乡间七八岁订婚的多着哩。请区长恩典恩典就过去了……"区长说："凡是不合法的订婚，只要有一方面不愿意都得退！"二诸葛说："我这是两家情愿！"区长问小二黑道："刘二黑！你愿意不愿意？"小二黑说："不愿意！"二诸葛的脾气又上来了，瞪了小二黑一眼道："由你啦？"区长道："给他订婚不由他，难道由你啦？老汉！如今是婚姻自主，由不得你了，你家养的那个小姑娘，要真是没有娘家，就算成你的闺女好了。"二诸葛道："那也可以，不过还得请区长恩典恩典，不能叫他跟于福这闺女订婚！"区长说："这你就管不着了！"二诸葛发急道："千万请区长恩典恩典，命相不对，这是一辈子的事！"又向小二黑道："二黑，你不要糊涂了！这是你一辈子的事！"区长道："老汉，你不要糊涂了；强逼着你十九岁的孩子娶上个十二岁的小姑娘，恐怕要生一辈子气！我不过是劝一劝你，其实只要人家两个人愿意，你愿意不愿意都不相干。回去吧，童养媳没处退就算成你的闺女！"二诸葛还要请区长"恩典恩典"，一个交通员把他推出来了。

一一、看看仙姑

三仙姑去寻二诸葛，一来为的是逞逞闹气的本领，二来为的是遮遮外人的耳目，其实小芹吃一吃亏她很高兴，所以跟二诸葛老婆闹了一阵之后，回去就睡了。第二天早上，她起得很迟，于福虽比她着急，可是自己既没有主意，又不敢叫醒她，只好自己先去做饭，饭快成的时候，三仙姑慢慢起来梳妆，于福问她道："不去打听打听小芹？"她说："打听她做甚啦？她的本领多大啦？"于福也再没有敢说什么，把饭菜做成了放在炉边等，直等到她梳妆罢了才开饭。

饭还没有吃罢，区上的交通员来传她。她好像很得意，嗓子拉得长长地说："闺女大了咱管不了，就去请区长替咱管教管教！"她吃完了饭，换上新衣服、新手帕、绣花鞋、镶边裤，又擦了一次粉，加了几件首饰，然后叫于福给她备上驴，她骑上，于福给她赶上，往区上去。

到了区上。交通员把她引到区长房子里，她爬下就磕头，连声叫道:"区长老爷,你可要给我作主!"区长正伏在桌上写字,见她低着头跪在地下,头上戴了满头银首饰,还以为是前两天跟婆婆生了气的那个年轻媳妇,便说道:"你婆婆不是有保人吗?为什么不找保人?"三仙姑莫名其妙,抬头看了看区长的脸。区长见是个擦着粉的老太婆,才知道是认错人了,交通员道:"认错人了!这就是于小芹的娘!"区长又打量了她一眼道:"你就是小芹的娘呀?起来!不要装神做鬼!我什么都清楚!起来!"三仙姑站起来了。区长问:"你今年多大岁数?"三仙姑说:"四十五。"区长说:"你自己看看你打扮得像个人不像?"门边站着老乡一个十来岁的小闺女嘻嘻嘻笑了。交通员说:"到外边耍!"小闺女跑了。区长问:"你会下神是不是?"三仙姑不敢答话。区长问:"你给你闺女找了个婆家?"三仙姑答:"找下了!"问:"使了多少钱?"答:"三千五!"问:"还有些什么?"答:"有些首饰布匹!"问:"跟你闺女商量过没有?"答:"没有!"问:"你闺女愿意不愿意?"答:"不知道!"区长道:"我给你叫来你亲自问问她!"又向交通员道:"去叫于小芹!"

刚才跑出去那个小闺女,跑到外边一宣传,说有个打官司的老婆,四十五了,擦着粉,穿着花鞋。邻近的女人们都跑来看,挤了半院,唧唧哝哝说:"看看!四十五了!""看那裤腿!""看那鞋!"三仙姑半辈没有脸红过,偏这会撑不住气了,一道道热汗在脸上流。交通员领着小芹来了,故意说:"看什么?人家也是个人吧,没有见过?闪开路!"一伙女人们哈哈大笑。

把小芹叫来,区长说:"你问问你闺女愿意不愿意!"三仙姑只听见院里人说"四十五""穿花鞋",羞得只顾擦汗,再也开不得口。院里的人们忽然又转了话头，都说"那是人家的闺女"，"闺女不如娘会打扮"，也有人说"听说还会下神"，偏又有个知道底细的断断续续讲"米烂了"的故事，这时三仙姑恨不得一头碰死。

区长说："你不问我替你问！于小芹，你娘给你找的婆家你愿意跟人家结婚不愿意？"小芹说："不愿意！我知道人家是谁？"区长向三仙姑道："你听见了吧？"又给她讲了一会婚姻自主的法令，说小芹跟小二黑订婚完全合法，还吩咐她把吴家送来的钱和东西原封退了，让小芹跟小二黑结婚。她羞愧之下，一一答应了下来。

一二、怎么到底

三个民兵回到刘家峧，一说区上把兴旺金旺两人押起来，又派助理员来调查他们的罪恶，真是人人拍手称快。午饭后，庙里开一个群众大会，村长报告了开会宗旨就请大家举他两个人的作恶事实。起先大家还怕扳不倒人家，人家再返回来报仇，老大一会没有人说话，有几个胆子太小的人，还悄悄劝大家说："忍事者安然。"有个被他两人作践垮了的年轻人说："我从前没有忍过？越忍越不得安然，你们不说我说！"他先从金旺领着土匪到他家绑票说起，一连说了四五款，才说道："我歇歇再说，先让别人也说几款。"他一说开了头，许多受过害的人也都抢着说起来：有给他们花过钱的，有被他们逼着上过吊的，也有产业被他们霸了的，老婆被他们奸淫过的。他两人还派上民兵给他们自己割柴，拨上民夫给他们自己锄地；浮收粮，私派款，强迫民兵捆人，……你一宗他一宗，从晌午说到太阳落，一共说了五六十款。

区上根据这些罪状把他两人送到县里，县里把罪状一一证实之后，除叫他们赔偿大家损失外，又判了十五年徒刑。

经过这次大会之后，村里人也都敢出头了。不久，村干部又都经过大改选，村里人再也不敢乱投坏人的票了。这其间，金旺老婆自然也落了选；不过她还变了口吻，说："以后我也要进步了。"

两个神仙也有了变化：

三仙姑那天在区上被一伙妇女围住看了半天，实在觉着不好意思，回去对着镜子研究了一下，真有点打扮得不像话；又想到自己的女儿快要跟人结婚，自己还卖什么老俏？这才下了个决心，把自己的打扮从顶到底换了一遍，弄得像个当长辈人的样子，把三十年来装神弄鬼的那张香案也悄悄拆去。

二诸葛那天从区上回去，又向老婆提起二黑跟小芹的命相不对，他老婆道："把你的鬼八卦收起吧！你不是说二黑这回了不得吗？你一辈子放个屁也要卜一课，究竟抵了些什么事？我看小芹满不错，能跟咱二黑过就很好！什么命相对不对？你就不记得'不宜栽种'？"二诸葛见老婆都不信自己的阴阳，也就不好意思再到别人跟前卖弄他那一套了。

小芹和小二黑各回各家，见老人们的脾气都有些改变，托邻居们趁势和说和说，两位神仙也就顺水推舟同意他们结婚。后两家都准备了一下，就过门。过门之后，小两口都十分得意，邻居们都说是村里第一对好夫妻。

　　夫妻们在自己卧房里有时候免不了说玩话：小二黑好学三仙姑下神时候唱"前世姻缘由天定"，小芹好学二诸葛说"区长恩典，命相不对"。淘气的孩子们去听窗，学会了这两句话，就给两位神仙加了新外号：三仙姑叫"前世姻缘"，二诸葛叫"命相不对"。

　　　　　　　　　　　　　　一九四三，五，写于太行。

传 家 宝

一

有个区干部叫李成，全家一共三口人——一个娘，一个老婆，一个他自己。他到区上做工作去，家里只剩下婆媳两个，可是就只两个人，也有些合不来。

在乡下，到了阴历正月初二，照例是女人走娘家的时候，在本年（一九四九年）这一天早饭时，李成娘又和媳妇吵起来。

李成娘叫着媳妇的名字说："金桂！准备准备走吧！早点去早点回来！"她这么说了，觉着一定能叫媳妇以为自己很开明，会替媳妇打算。其实她这次的开明，还是为她自己打算：她有个女儿叫小娥，嫁到离村五里的王家寨，因为女婿也是区干部，成天不在家，一冬天也没顾上到娘家来。她想小娥在这一天一定要来，来了母女们还能不谈谈心病话？她的心病话，除了评论媳妇的短处好像再没有什么别的，因此便想把媳妇早早催走，免得一会小娥回来了说话不方便。

金桂是个女劳动英雄，一冬天赶集卖煤，成天打娘家门口过来过去，几时想进去看看就进去看看，根本不把走娘家当成件稀罕事。这天要是村里没有事，她自然也可以去娘家走走，偏是年头腊月二十九，区上有通知，要在正月初二这一天派人来村里开干部会，布置结束土改工作，她是个妇联会主席，就不能走开。她听见婆婆说叫她走走娘家，本来可以回答一句"我还要参加开会"，可是她也不想这样回答，因为她知道婆婆对她当干部这个事早就有一大堆不满意，这样一答话，保不定就会吵起来，因此就另找了个理由回答说："我暂且不去吧！来了客人不招待？"

婆婆说："有什么客人？也不过是小娥吧。她来了还不会自己做顿饭吃？"

金桂说："姊姊来了也是客人呀，况且还有姊夫啦！"

婆婆不说什么了，金桂就要切白菜，准备待客用。她切了一颗大白菜，又往水桶里舀了两大瓢水，提到案板跟前，把案板上的菜搓到桶里去洗。

李成娘一看见金桂这些举动就觉着不顺眼：第一，她觉着不像个女人家的举动。她自己两只手提起个空水桶来，走一步路还得叉开腿，金桂提满桶水的时候也才只用一只手；她一辈子常是用碗往锅里舀水，金桂用的大瓢一瓢就可以添满她的小锅：这怎么像个女人？第二，她洗一颗白菜，只用一碗水，金桂差不多就用半桶，她觉着这也太浪费。既然不顺眼了，不说两句她觉得不痛快，可是该说什么呢？说个"不像女人吧"，她知道金桂一定不吃她的，因此也只好以"反对浪费"为理由，来挑一下金桂的毛病："洗一颗白菜就用半桶水？我做一顿饭也用不了那么多！"

"两瓢水吧，什么值钱东西？到河里多担一担就都有了！"金桂也提出自己的理由。

"你有理！你有理！我说的都是错的！"李成娘说了这两句话，气色有点不好。

金桂见婆婆鼓嘟了嘴，知道自己再说句话，两个人就会吵起来，因此也就不再还口，沉住气洗自己的菜。

李成娘对金桂的意见差不多见面就有：嫌她洗菜用的水多，炸豆腐用的油多，通火有些手重，泼水泼得太响……不说好像不够个婆婆派头，说得她太多了还好顶一两句，反正总觉着不能算个好媳妇。金桂倒很大方，不论婆婆说什么，自己只是按原来的计划做自己的事，虽然有时候顶一两句嘴，也不很认真。她把待客用的菜蔬都准备好，洗了占不着的家具，泼了水，扫了地上的菜根葱皮，算是忙了一个段落。

把这段事情作完了，正想向婆婆说一声她要去开会，忽然觉得房子里总还有点不整齐，仔细一打量，还是婆婆床头多一口破黑箱子。这口破箱子，年头腊月大扫除她就提议放到床下，后来婆婆不同意，就仍放在床头上，可是现在看来，还是搬下去好——新毯子新被褥头上放上个龇牙裂嘴的破箱子，像个什么摆设？她看了一会，跟婆婆商量说："娘！咱们还是把这箱子搬下去吧？"

婆婆说："那碍你的什么事？"

婆婆虽然说得带气，金桂却偏不认真，仍然笑着说："那破破烂烂像个什么样子？你不怕我姊夫来了笑话？来，咱们搬了吧！"

婆婆仍然没好气，冷冰冰地说："你有气力你搬吧！我跟你搬不动！"

她满以为不怕金桂有点气力，一个人总搬不下去，不想金桂仍是笑嘻嘻地答应了一声"可以"，就动手把箱子一拖拖出床沿，用胸口把一头压低了，然后双手抱住箱腰抱下地去，站起来一脚又蹬得那箱子溜到床底。

金桂费了一阵气力，才喘了两口气，谁知道这一下就引起婆婆的老火来。婆婆用操场上喊口令的口气说："再给我搬上来！我那箱子在那里摆了一辈子了！你怕丢人你走开！我不怕丢我的人！"金桂见婆婆真生了气，弄得摸不着头脑，只怪自己不该多事。婆婆仍是坚持"非搬上来不可"。

其实也不奇怪。李成娘跟这口箱子的关系很深，只是金桂不知道罢了。李成娘原是个很能做活的女人，不论春夏秋冬，手里没做的就觉着不舒服。她有三件事，一把纺车，一个针线筐和这口黑箱子。这箱子里放的东西也很丰富，不过样数很简单——除了那个针线筐以外，就只有些破布。针线筐是柳条编的，红漆漆过的，可惜旧了一点——原是她娘出嫁时候的陪嫁，到她出嫁时候，她娘又给她作了陪嫁，不记得那一年磨掉了底，她用破布糊裱起来，以后破了就糊，破了就糊，各色破布不知道糊了多少层，现在不只弄不清是什么颜色，就连柳条也看不出来了，里边除了针、线、尺、剪、顶针、钳子之类，也没有什么别的东西。破布也不少，恐怕就有二三十斤，都是一捆一捆捆起来的。这东西，在不懂得的人看来一捆一捆都一样，不过都是些破布片，可是在李成娘看来却不那样简单——没有洗过的，按块子大小卷；洗过的，按用处卷——那一捆叫补衣服，那一捆叫打褙（就是用面糊把破布裱起来叫做鞋用），那一捆叫垫鞋底：各有各的特点，各有各的记号——有用布条捆的，有用红头绳捆的，有用各种颜色线捆的，跟机关里的卷宗（公事）上编得有号码一样。装这些东西的黑箱子，原来就是李家的，可不知道是那一辈子留下来的——枸卯（官名叫"榫子"）完全坏了，角角落落都钻上窟窿用麻绳穿着，底上棱上被老鼠咬得跟锯齿一样，漆也快脱落完了，只剩下巴掌大小一片一片的黑片。这一箱里表都在数，再加上一架纺车，就是李成娘的全部家当。她守着这份家当活了一辈子，补补衲衲，哪一天离了也不行。当李成爹在的时候，她本想早给李成娶上个媳妇，把这份事业一字一板传下去，可惜李成爹在时家里只有二亩山坡地，父子两个都在外边当雇汉，人越穷定媳妇越贵，根本打不起这主意。李成爹死后，共产党来了，自己也分得了地，不多几年定媳妇也不要钱了，李成没有花钱就和金桂结了婚，李成娘在这时候，高兴得面朝西给毛主席磕过好几个头（那时候毛主席在延安）。一九里（就是结婚后的九天里），为了考试媳妇的针工，叫媳妇给她缝过一条裤子，她认为很满意，比她自己做得细致。可是过了几个月，发现媳妇爱跟孩子到地里做活，不爱在家里补补衲衲，就觉得有点耽心。她先跟李成说："男人有男人的活，女人有女人的活……"李成说："我看还是地里活要紧！我自己是村里的农会主席，要多误些工，地里有个人帮忙更好。"半年之后，金桂被村里选成劳动英雄，又选成妇联会主席，李成又被上级提升到区上工作，地里的活完全交给金桂做，家事也交给金桂管，从这以后，金桂差不多半年就没有拈过针，做什么事又都是不问婆婆自己就作了主，这才叫李成娘着实悲观起来。孩子在家的时候，娘对媳妇有意见可以先跟孩子说，不用直接打冲锋，孩子走了只留下婆媳两个，问题就慢慢出来了——婆婆只想拿她的三件宝贝往下传，媳妇觉着那里边没大出息，接受下来也过不成日子，因此两个人从此意见不合，谁也说不服谁。只要明白了这段历史，你就会知道金桂搬了搬箱子，李成娘为什么就会发那么大脾气。

金桂见婆婆的气越来越大，不愿意把事情扩大了，就想了个开解的办法，仍然笑了笑说："娘！你不要生气了，你不愿意叫搬下来，我还给你搬上去！"说着低下头去又把箱子从床底拖出来。她正准备往上搬，忽然听得院里有个小女孩叫着："金桂嫂！公所叫你去开会啦！区干部已经来了！"

二

这小女孩叫玉凤，和金桂很好，她在院里叫着"金桂嫂"就跑进来。李成娘一听说叫金桂去开会，觉着又有点不对头，嘴里嘟噜着说："天天开会！以后就叫你们把'开会'吃上！"

玉凤虽说才十三岁，心眼儿很多，说话又伶俐。她沉住气向李成娘说："大娘！你还不知道今天开会干什么吗？"

"我倒管他哩？"李成娘才教训过金桂，气色还没有转过来。

玉凤说:"听说就是讨论你家的地!"

"那有什么说头?"

"听说你们分的地是李成哥自己挑的,村里人都不赞成。"

"谁说的? 四五十个评议员在大会上给我分的地,村里谁不知道? 挑的! ……"玉凤本来是逗李成娘,李成娘却当了真。

李成娘认了真,玉凤却笑了。她说:"大娘! 你不是说开会不抵事吗? 哈哈哈……"

李成娘这时才知道玉凤是逗她,自己也忍不住一边笑,一边指着玉凤说:"你这小捣乱鬼!"

金桂把箱子从床下拖出来正预备往床上搬,玉凤就叫着进来了。她只顾听玉凤跟自己的婆婆捣蛋,也就停住了手站起来,等到自己的婆婆跟玉凤都笑了,自己也忍不住陪着她们笑了一声,笑罢了仍旧弯下腰去搬箱子。

李成娘这一会气已经消下去,回头看见床头上没有那口破箱子,的确比放上那口破箱子宽大得多,也排场得多,因此当金桂正弯腰去搬箱子的时候,她又变了主意:"不用往上搬了,你去开你的会吧。"

金桂见婆婆的气已经消了,自然也不愿意再把那东西搬起来,就答应了一声 "也好",仍然把它推回床下去,然后又把床上放箱子的地方的灰尘扫了一下。她一边扫,一边问玉凤:"区上谁来了?"

玉凤说:"你还不知道? 李成哥回来了。"

"你又说瞎话!"

"真的! 他没有回家来吗?"

正说着,李成的姊姊小娥就走进来,大家说了几句见面话以后,金桂问:"我姊夫没有来?"

小娥说:"来了! 到村公所开会去了,——你怎么没有去开会?"

金桂抓住玉凤一条胳膊又用一个拳头在她头上虚张声势地问她:"你不是说是你李成哥回来了?"

玉凤缩住脖子笑着说:"一提他你去得不快点?"

"你这个小捣乱鬼!" 金桂轻轻在玉凤脊背上用拳头按了一下放了手,回头跟小娥说:"姊姊! 我要去开会,顾不上招呼你! 你歇一歇跟娘两个人自己做饭吃吧!" 小娥也说:"好! 你快去吧!" 李成娘为了跟小娥说起心病话来方便,本来就想把金桂推走,因此也说:"你去吧! 你姊姊又不是什么生客!" 金桂便跟玉凤走了,这时家里只留下她们母女两个。

小娥说:"娘! 我一冬天也顾不上来看你一眼! 你还好吧?"

"好什么? 活受啦吧!"

"我看比去年好得多,床上也有了新褥新被了! 衣裳也整齐干净了! 也有了媳妇了……"

李成娘的心病话早就闷不住了,小娥这一下就给她引开了口。她把嘴唇伸得长长地哼了一声说:"不提媳妇不生气,古话说:'娶个媳妇过继出个儿。'(这是当地流行的一句俗话)媳妇也有本事,孩子也有本事,谁还把娘当个人啦?" 说着还落了几点老泪。她擦过泪又接着说:"人家一手遮天了:里里外外都由人家管，遇了大事人家会跑到区上去找人家的汉。人家两个人商量成什么是什么，大小事不跟咱通个风。人家办成什么都对！咱还没有问一句，人家就说'你摸不着！外边人来，谁也是光找人家，谁还记得有个咱？唉，小娥！你看娘还活得像个什么人啦？——说起心病话来没个完。你还是先做饭吧！做着饭娘再慢慢告诉你！"

小娥说："一会再做吧，我还不饿哩！"

"先做着吧！一会他姊夫回来也要吃！"

小娥也不再推，一边动手做饭，一边仍跟娘谈话。她说："他姊夫给我们镇上的妇女讲话，常常表扬人家金桂，说她是劳动模范，要大家向她学习，就没有提到她的缺点，照娘这么说起来，虽说她劳动很好，可也不该不尊重老人啊？"

李成娘又把她那下嘴唇伸得长长地哼了一声说："什么好劳动？男人有男人的活，女人有女人的活，她那劳动呀，叫我看来是狗捉老鼠，多管闲事！娶过她一年了，她拈过几回针？纺过几条线？"

小娥笑着说："我看人家也吃上了，也穿上了！"

李成娘把下嘴唇伸得更长了些说："破上钱谁不会耍派头？从前我一年也吃不了一斤油，人家来了以后是一月一斤，我在货郎担上买个针也心疼得不得了，人家到集上去鞋铺里买鞋，裁缝铺里做制服，打扮得很时行。"这老人家，说着就带了气，嗓子越提越高，"不嫌败兴！一个女人家到集上买着穿！不怕别人划她的脊梁筋（也是当地的俗话，意思是说，不怕别人指着她的脊背笑话她）……"小娥见她动了气，赶紧劝她，又给她倒了碗水叫她润一润喉咙，又用好多别的话才算把她的话插断。

小娥很透脱，见娘对金桂不满意，再也不提金桂的事，却说着自己一冬天的家务事来消磨时间。可是女人家的事情，总与别的女人家有关系，因此小娥不论说起什么来，她娘都能和金桂的事往一处凑。比方小娥说到互助组，她娘就说"没有互助组来，金桂也能往外边少跑几趟"；小娥提到合作社，她娘就说"没有合作社来，金桂总能少花几个钱"；小娥说自己在镇上很方便，她娘说就是镇上的方便才把金桂引诱坏了的；小娥说自己的男人当干部，她娘说就是李成当干部才把媳妇娇惯了的。

小娥见娘的话左右摆不脱金桂，就费尽心思捡娘爱听的说，她知道娘一辈子爱做针线活，爱纺棉花，就把自己年头一冬天做针线活跟纺棉花的成绩在娘面前夸一夸。她说她给合作社纺了二十五斤线，给鞋铺纳了八对千针底，给裁缝铺钉了半个月制服扣子。她说到鞋铺和裁缝铺，还生怕娘再提起金桂做制服和买鞋的事来，可是已经说开头了不得不说下去。她娘呢，因为只顾满意女儿的功劳，倒也没有打断女儿的话再提金桂的事，不过听到末了，仍未免又跟金桂连起来，她说："看我小娥！金桂那东西能抵住我小娥一分的话，我也没有说的！她给谁纺过一截线？给谁做过一针活？"她因为气又上来了，声音提得很高，连门外的脚步声也没有听见，赶到话才落音，金桂就揭着门帘进来了，小娥的丈夫也跟在后面。

三

李成娘一见他们两个人进来，觉着"真他娘的不凑巧"。

小娥觉着不对，赶紧把话头引到另一边，她向自己丈夫说："今天的会怎么散得这样快？"

她丈夫说："这会只是和几个干部接一下头，到晚上才正式开会。"

只说了这么几句简单话大家坐下了，谁也再没有什么话说，金桂的脸色就很不平和。

金桂平常很大方，婆婆说两句满不在乎，可是这一次有些不同，小娥的丈夫是她的姊夫，可也是她的上级。她想婆婆在小娥面前败坏自己，小娥如何能不跟她自己的丈夫说！况且真要是自己的错误也还可说，自己确实没错，只是婆婆的见解不对，她觉着犯不着受这冤枉。

小娥的丈夫见她们婆媳们的关系这样坏，也断不定究竟那一方面对。他平常很信任金桂，到处表扬她，叫各村的妇女向她学习，现在听见她婆婆对她十分不满意，反疑惑自己不了解情况，对金桂保不定信任太过，因此就想再来调查研究一番。他见大家都不说话，就想趁空子故意撩一撩金桂。他笑着问小娥："你们背地里谈论人家金桂什么事，惹得人家鼓嘟着嘴！"

金桂还没有开口，李成娘就抢先说："听见叫她听见吧，我又没有屈说了她，你问她一冬天拈过一下针没有？纺过一寸线没有？"

　　婆婆开了口，金桂脸上却又和气得多了。金桂只怕没有机会辩白引起上级的误会，如今既然又提起来了，正好当面辩白清楚，因此反觉着很心平。她说："娘！你说得都对，可惜是你不会算账。"又回头向小娥的丈夫说："姊夫你给我算着：纺一斤棉花误两天，赚五升米；卖一趟煤，或做一天别的重活，只误一天，也赚五升米！你说还是纺线呀还是卖煤？"

　　小娥的丈夫笑了。他用不着回答金桂就向小娥说："你也算算吧！虽然都还是手工劳动，可是金桂劳动一天抵住你劳动两天！我常说的'妇女要参加主要劳动'，就是说要算这个账！"

　　李成娘觉着自己输了，就赶紧另换一件占理的事。她又说："那有这女人家连自己的衣裳鞋子都不做，到集上买着穿？"她满以为这一下可要说倒她，声音放得更大了些。

　　金桂不慌不忙又向她说："这个我也是算过账的：自己缝一身衣服得两天；裁缝铺用机器缝，只要五升米的工钱，比咱缝的还好。自己做一对鞋得七天，还得用自己的材料，到鞋铺买对现成的才用斗半米，比咱做的还好。我九天卖九趟煤，五九赚四斗五；缝一身衣服买一对鞋，一共才花二斗米，我为什么自己要做？"

　　等不得金桂说完，李成娘就又发急了。她觉着两次都输了，总得再争口气——嗓子再放大一点，没理也要强占几分。她大喊起来："你做的对！都对！没有一件没理的！"又向女婿喊："你们这些区干部，成天劝大家节约节约！我活了一辈子了，没有听说过什么是'节约'，可是我一年也吃不了一斤油，我这节约媳妇来了是一月吃一斤。你们都会算账，都是干部。就请你们给我算算这笔账!"

她越喊得响亮,女婿越忍不住笑,等她喊完了,女婿已笑得合不上口。女婿说:"老人家,你不要急!我可以替你算算这笔账:两个人一月一斤油,一个人一天还该不着三钱,不能算多。'节约'是不浪费的意思。非用不行的东西,用了不能算是浪费……"

李成娘说:"你们这些当干部的是官官相护!什么非用不行?我一辈子吃糠咽菜也活了这么大!"

金桂说:"娘!我不过年轻点吧,还不是吃糠长大的?这几年也不是光咱吃的好一点,你到村里打听一下,不论哪家一年还不吃一二十斤油?"

小娥的丈夫又帮助金桂说:"老人家!如今世道变了,变得不用吃糠了!革命就是图叫咱们不吃糠,要是图吃糠谁还革命哩?这个世道还是才往好处变,将来用机器种起地来,打下的粮食能抵住如今两三倍,不说一月吃一斤油,一天还得吃顿肉哩!"他这番话似乎已经把李成娘的气给平下去了,要是不再说什么也许就没事了,可是不幸又接着说了几句,就又引起了大事。他接着说:"老人家!依我说你只用好吃上些好穿上些,过几年清净日子算了!家里的事你不用管它!"

"你这区干部就说是这种理?我死了就不用管了,不死就不能由别人摆布我!"李成娘动了大气,也顾不上再和女婿讲客气。她说金桂不做活、浪费还都不是很重要的问题;最要紧的是恨金桂不该替她作了当家人,弄得她失掉了领导权。她又是越说越带气:"这是我的家!她是我娶来的媳妇!先有我来先有她来？”

小娥的丈夫说：“老人家！不是说不该你管，是说你上年纪了，如今新事情你有些摸不着！管不了！”

“管不了？娶过媳妇才一年啊！从前没有媳妇我也活了这么大！她有本事叫她另过日子去！我不图沾她的光！大小事不跟我通一通风，买个驴都不跟我商量！叫她先把我灭了吧！”

金桂向来还猜不到婆婆跟自己这样过不去，这会听婆婆这么一说，也真正动了点小脾气。她说：“娘！你也不用跟我分家了，你想管你就管，我落上一个清净算了！”说着就跑回自己房里去。小娥当她回房去寻死，赶紧跟在她后面。可是当小娥才跑到她门口，她却挟了个小布包返出来跑到婆婆的房子里，向婆婆说：“娘！让我交代你！”

小娥看见已经怄成气了，赶紧拉住金桂说：“金桂！不要闹！娘是老糊涂了，像……”

小娥的丈夫倒很沉得住气，他也不劝金桂也不劝丈母，倒向小娥说：“你不用和稀泥！我看就叫金桂把家务交代给老人家也好！老人家管住家务，金桂清净一点倒还能多做一点活！”又回头向金桂挤了挤眼说：“金桂你不要动气！说正经的，你说对不对？”

金桂见姊夫是帮自己，马上就又转得和和气气地顺着姊夫的话说：“谁动气来？”又向婆婆说：“娘！我不是跟你生气！我不知道你想管这个！你早说来我早就交代你了！”说着就打开小包，取出一本账和几叠票子来。

李成娘见媳妇拿出账本，还以为是故意难为她这不识字的人，就又说："我不识字！不用拿那个来捉弄我！"

金桂仍然正正经经的说："我才认得几个字？还敢捉弄人。我不是叫娘认字，我是自己不看账记不得！"

小娥的丈夫也爬到床边说："让我帮你办交代！先点票子吧！"他点一叠向丈母娘跟前放一叠，放一叠报个数目——"这是两千元的冀南票，五张共是一万！""这是两张两千的，一张一千的，十张五百的，也是一万……"他还没有点够三万，丈母娘早就弄不清了，可是也不好意思说接管不了，只插了一句话说："弄成这各色各样的有什么好处，那如从前那铜元好数？"女婿没有管她说话是什么，仍然点下去，点完了一共合冀南票的五万五。

点过了票，金桂就接着交代账上的事。她翻着账本说："合作社的来往账上，咱欠人家六万一。他收过咱二斗大麻子，一万六一斗，二斗是三万二。咱还该分两三万块本钱的红，等分了红以后你好跟他清算吧！互助组里去年冬天羊踩粪，欠人家六升羊工伙食米。咱还存三张旧工票，一张大的是一个工，两张小的是四分工，共是一个零四分，这个是该咱得米，去年秋后的工资低，一个工是二升半。大后天组里就要开会结束去年的工账，到那时候要跟人家找清……"

婆婆连一宗也没听进去，已经觉得很厌烦。她说："怎么有这么多的穷事情？麻麻烦烦谁记得住？"

小娥听着也替娘发愁，见娘说了话，也跟着劝娘说："娘！你就还叫金桂管吧，自己揽那些麻烦做甚哩？这比你黑箱子里那东西麻烦得多哩？"

李成娘觉着不止比箱子里的东西样数多，并且是包也没法包，卷也没法卷，实在不容易一捆一捆弄清楚。她这会倒是愿意叫金桂管，可也似乎还不愿意马上说丢脸话。

金桂仍然交代下去。她说："不怕娘！只剩五六宗了——有几宗是和村公所的，有几宗是和集上的，差务账上，咱一共支过十个人工八个驴工，没有算账。咱还管过好几回过路军人的饭，人家给咱的米票，还没有兑。这两张，每张是十一两。这五张，每张是……"

"实在麻烦，我不管了！你弄成什么算什么！我吃上个清净饭拉倒！"李成娘赌气认了输，把腿边的一堆票子往前一推。

小娥的丈夫哈哈大笑起来。他说："我原来不是说叫你'过几年清净日子算了'吗？"又向金桂说："好好好！你还管起来吧！"又向小娥说："我常叫你们跟金桂学习，就是叫学习这一大摊子！成天说解放妇女解放妇女，你们妇女们想真得到解放，就得多做点事，多管点事，多懂点事！咱们回去以后，我倒应该照金桂这样交代交代你！"

一九四九，四，一四。

登　记

一、罗汉钱

诸位朋友们：今天让我来说个新故事。这个故事题目叫"登记"，要从一个罗汉钱说起。

这个故事要是出在三十年前，"罗汉钱"这东西就不用解释；可惜我要说的故事是个新故事，听书的朋友们又有一大半是年轻人，因此在没有说故事以前，就得先把"罗汉钱"这东西交代一下：

据说罗汉钱是清朝康熙年间铸的一种特别钱，个子也和普通的康熙钱一样大小，只是"康熙"的"熙"字左边少一直画；铜的颜色特别黄，看起来有点像黄金。相传铸那一种钱的时候，把一个金罗汉像化在铜里边，因此一个钱里有三成金。这种传说可靠不可靠不是我们要管的事，不过这种钱确实有点可爱——农村里的青年小伙子们，爱漂亮的，常好在口里衔一个罗汉钱，和市人们爱包镶金牙的习惯一样，直到现在还有些偏僻的地方仍然保留着这种习惯；有的用五个钱叫银匠给打一只戒指，带到手上活像金的。不过要在好多钱里挑一个罗汉钱可很不容易：兴制钱的时候，聪明的孩子们，常好在大人拿回来的钱里边挑，一年半载也不见得能碰见一个。制钱虽说不兴了，罗汉钱可是谁也不出手的，可惜是没有几个。说过了钱，就该说故事：

有个农村叫张家庄。张家庄有个张木匠。张木匠有个好老婆，外号叫个"小飞蛾"。小飞蛾生了个女儿叫"艾艾"，算到一九五〇年阴历正月十五元宵节，虚岁二十，周岁十九。庄上有个青年叫"小晚"，正和艾艾搞恋爱。故事就出在他们两个人身上。

照我这么说，性急的朋友们或者要说我不在行："怎么一个'罗汉钱'还要交代半天，说到故事中间的人物，反而一句也不交代？照这样说下去，不是五分钟就说完了吗？"其实不然。有些事情不到交代时候，早早交代出来是累赘；到了该交代的时候，想不交代也不行。闲话少说，我还是接着说吧：

张木匠一家就这么三口人——他两口子和这个女儿艾艾——独住一个小院：他两口住北房，艾艾住西房。今年（一九五〇年）阴历正月十五夜里，庄上又要玩龙灯，张木匠是老把式，甩尾巴的，吃过晚饭丢下碗就出去玩去了。艾艾洗罢了锅碗，就跟她妈相跟着，锁上院门，也出去看灯去了。后来三个人走了个三岔：张木匠玩龙灯，小飞蛾满街看热闹，艾艾可只看放花炮起火，因为花炮起火是小晚放的。艾艾等小晚放完了花炮起火就回去了，小飞蛾在各街道上飞了一遍也回去了，只有张木匠不玩到底放不下手，因此他回去得最晚。

艾艾回到北房里等了一阵等不回她妈来，就倒在她妈的床上睡着了。小飞蛾回来见闺女睡在自己的床上，就轻轻推了一把说："艾艾！醒醒！"艾艾没有醒来，只翻了一个身，有一个明晃晃的小东西从她衣裳口袋里溜出来，叮零一声掉到地下，小飞蛾端过灯来一看："这闺女！几时把我的罗汉钱偷到手？"她的罗汉钱原来藏在板箱子里边的首饰匣子里。这时候，她也不再叫艾艾，先去放她的罗汉钱。她拿出钥匙来，先开了箱子上的锁，又开了首饰匣子上的锁，到她原来放钱的地方放钱："咦！怎么我的钱还在？"摸出来拿到灯下一看：一样，都是罗汉钱，她自己那一个因为隔着两层木头没有见过潮湿气，还是那么黄，只是不如艾艾那个亮一点。她看了艾艾一眼，艾艾仍然睡得那么憨（酣）。她自言自语说："憨闺女！你怎么也会干这个了？说不定也是戒指换的吧？"她看看艾艾的两只手，光光的；捏了捏口袋，似乎有个戒指，掏出来一看是顶针圈儿。她叹了一口气说："唉！算个甚？娘儿们一对戒指，换了两个罗汉钱！明天叫五婶再去一趟赶快给她把婆家说定了就算了！不要等闹出什么故事来！"她把顶针圈儿还给艾艾装回口袋里去，拿着两个罗汉钱想起她自己那一个钱的来历。

这里就非交代一下不行了。为了要说明小飞蛾那个罗汉钱的来历，先得从小飞蛾为什么叫"小飞蛾"说起：

二十多年前，张木匠在一个阴历腊月三十日娶亲。娶的这一天，庄上人都去看热闹。当新媳妇取去了盖头红的时候，一个青年小伙子对着另一个小伙子的耳朵悄悄说："看！小飞蛾！"那个小伙子笑了一笑说："活像！"不多一会，屋里，院里，你的嘴对我的耳朵，我的嘴又对他的耳朵，各哩各得都嚷嚷这三个字——"小飞蛾""小飞蛾""小飞蛾"……

原来这地方一个梆子戏班里有个有名的武旦，身材不很高，那时候也不过二十来岁，一出场，抬手动脚都有戏，眉毛眼睛都会说话。唱"金山寺"她装白娘娘，跑起来白罗裙满台飞，一个人撑满台，好像一只蚕蛾儿，人都叫她"小飞蛾"。张木匠娶的这个新媳妇就像她——叫张木匠自己说，也说是"越看越像"。

第二天是大年初一，按这地方的习惯，用两个妇女搀着新媳妇，一个小孩在头里背条红毯儿，到邻近各家去拜个年——不过只是走到就算，并不真正磕头。早饭以后，背红毯的孩子刚一出门，有个青年就远远地喊叫："都快看！小飞蛾出来了！"他这么一喊，马上聚了一堆人，好像正月十五看龙灯那么热闹，新媳妇的一举一动大家都很关心："看看！进了她隔壁五婶院子里了！""又出来了又出来了！到老秋孩院子里去了！……"

张木匠娶了这么个媳妇，当然觉得是得了个宝贝，一九里（娶亲九天以内），除了给舅舅去拜了一趟年，再也不愿意出门，连明带夜陪着小飞蛾玩；穿起小飞蛾的花衣裳扮女人，想逗小飞蛾笑；偷了小飞蛾的斗方戒指，故意要叫小飞蛾满屋子里撵他，……可是小飞蛾偏没心情，只冷冷地跟他说："不要打哈哈！"

几个月过后，不知道谁从小飞蛾的娘家东王庄带了一件消息来，说小飞蛾在娘家有个相好的叫保安。这消息传到张家庄，有些青年小伙子就和张木匠开玩笑："小木匠，回去先咳嗽一声，不要叫跟保安碰了头！""小飞蛾是你的？至少有人家保安一半！"张木匠听了这些话，才明白了小飞蛾对自己冷淡的原因，好几次想跟小飞蛾生气，可是一进了家门，就又退一步想："过去的事不提它吧，只要以后不胡来就算了！"后来这消息传到他妈耳朵里，他妈把他叫到背地里，骂了他一顿"没骨头"，骂罢了又劝他说："人是苦虫！痛痛打一顿就改过来了！舍不得了不得……"他受过了这顿教训以后，就好好留心找小飞蛾的岔子。

有一次他到丈人家里去，碰见保安手上带了个斗方戒指，和小飞蛾的戒指一个样；回来一看小飞蛾的手，小飞蛾的戒指果然只留下一只。"他妈的！真是有人家保安一半！"他把这消息报告了他妈，他妈说："快打吧！如今打还打得过来！要打就打她个够受！轻来轻去不抵事！"他正一肚子肮脏气，他妈又给他打了打算盘，自然就非打不行了。他拉了一根铁火柱正要走，他妈一把拉住他说："快丢手，不能使这个！细家伙打得疼，又不伤骨头，顶好是用小锯子上的梁！"

他从他的一捆木匠家具里边抽出一条小锯梁子来，尺半长，一指厚，木头很结实，打起来管保很得劲。他妈为什么知道这家具好打人呢？原来他妈当年轻时候也有过小飞蛾跟保安那些事，后来是被老木匠用这家具打过来的。闲话少说：张木匠拿上这件得劲的家伙，黑丧着脸从他妈的房子里走出来，回到自己的房里去。

小飞蛾见他一进门，照例应酬了他一下说："你拿的那个是什么？"张木匠没有理她的话，用锯梁子指着她的手说："戒指怎么只剩了一只？说！"这一问，问得小飞蛾头发根一支杈。小飞蛾抬头看看他的脸，看见他的眼睛要吃人，吓得她马上没有答上话来，张木匠的锯梁子早就打在她的腿上了。她是个娇闺女，从来没有挨过谁一下打，才挨了一下，痛得她叫了一声低下头去摸腿，又被张木匠抓住她的头发，把她按在床边上，拉下裤子来"披、披、披"一连打了好几十下。她起先还怕招得人来看笑话，憋住气不想哭，后来实在支不住了，只顾喘气，想哭也哭不上来，等到张木匠打得没了劲扔下家伙走出去，她觉得浑身的筋往一处抽，喘了半天才哭了一声就又压住了气，头上的汗，把头发湿得跟在热汤里捞出来的一样，就这样喘一阵哭一声喘一阵哭一声，差不多有一顿饭工夫哭声才连起来。一家住一院，外边人听不见，张木匠打罢了早已走了，婆婆连看也不来看，远远地在北房里喊："还哭什么？看多么排场？多么有体面？"小飞蛾哭了一阵以后，屁股蛋落得好像谁用锥子剜，摸了一摸满手血，咬着牙兜起裤子，站也站不住。

她的戒指是怎样送给保安的，以后张木匠也没有问，她自己自然也没有说。原来是她在端午那一天到娘家去过节，保安想要她个贴身的东西，她给保安卸了一个戒指；她也要叫保安给她个贴身的东西，保安把口里衔的罗汉钱送了她。

自从她挨了这一顿打之后，这个罗汉钱更成了她的宝贝。人怕伤了心：从挨打那天起，她看见张木匠好像看见了狼，没有说话先哆嗦。张木匠也莫想看上她一个笑脸——每次回来，从门外看见她还是活人，一进门就变成死人了。有一次，一个鸡要下蛋，没有回窝里去，小飞蛾正在院里撵，张木匠从外边回来，看见她那神气，真有点像在戏台上系着白罗裙唱白娘娘的那个小飞蛾，可是小飞蛾一看见他，就连鸡也不撵了，赶紧规规矩矩走回房子里去。张木匠生了气，撵到房子里跟她说："人说你是'小飞蛾'，怎么一见了我就把你那翅膀搭拉下来了？我是狼？""呱"一个耳刮子。小飞蛾因为不愿多挨耳刮子，也想在张木匠面前装个笑脸，可惜是不论怎么装也装得不像，还不如不装。张木匠看不上活泼的小飞蛾，觉着家里没了趣，以后到外边做活，一年半载不回家，路过家门口也不愿进去，听说在外面找了好几个相好的。张木匠走了，家里只留下婆媳两个。婆婆跟丈夫是一势，一天跟小飞蛾说不够两句话，路上碰着了扭着脸走。小飞蛾离娘家虽然不远，可是有嫌疑，去不得；娘家爹妈听说闺女丢了丑，也没有脸来看望。这样一来，全世界上再没有一个人跟小飞蛾是一势了，小飞蛾只好一面伺候婆婆，一面偷偷地玩她那个罗汉钱。她每天晚上打发婆婆睡了觉，回到自己房子里关上门，把罗汉钱拿出来看了又看，有时候对着罗汉钱悄悄说："罗汉钱！要命也是你，保命也是你！人家打死我我也不舍你！咱俩死活在一起！"她有时候变得跟小孩子一样，把罗汉钱暖到手心里，贴到脸上，按到胸上，衔到口里……除了张木匠回家来那有数的几天以外，每天晚上她都是离了罗汉钱睡不着觉，直到生了艾艾，才把它存到首饰匣子里。

　　她剩下的那只戒指是自从挨打之后就放进首饰匣子里去的。当艾艾长到十五那一年，她拿出匣子来给艾艾找帽花，艾艾看见了戒指就要要。她生怕艾艾再看见罗汉钱，赶快把戒指给了艾艾就把匣子锁起来了。那时候张木匠和小飞蛾的关系比以前好了一点，因为闺女也大了，他妈也死了，小飞蛾和保安也早就没有联系了。又因为两口子只生了艾艾这么个孤闺女，两个人也常借着女儿开开玩笑。艾艾带上了小飞蛾那只斗方戒指，张木匠指着说："这原来是一对来！"艾艾问："那一只哩？"张木匠说："问你妈！"艾艾正要问小飞蛾，小飞蛾翻了张木匠一眼。艾艾只当是她妈丢了，也就不问了。这只戒指就是这么着到了艾艾手的。

以前的事已经交代清楚，再回头来接着说今年（或说一九五〇年）正月十五夜里的事吧：

小飞蛾手里拿着两个罗汉钱，想起自己那个钱的来历来，其中酸辣苦甜什么味儿也有过：说这算件好事吧，跟着它吃了多少苦；说这算件坏事吧，想一遍也满有味。自己这个，不论好坏都算过去了；闺女这个又算件什么事呢？把它没收了吧，说不定闺女为它费了多少心；悄悄还给她吧，难道看着她走自己的伤心路吗？她正想来想去得不着主意，听见门外有人走得响，张木匠玩罢了龙灯回来了，因此她也再顾不上考虑，把两个钱随便往箱里一丢，就把箱子锁住。

这时候鸡都快叫了，张木匠见艾艾还没有回房去睡，就发了脾气："艾艾，起来！"因为他喊的声音太大，吓得艾艾哆嗦了一下一骨碌爬起来，瞪着眼问："什么事，什么事？"小飞蛾说："不能慢慢叫？看你把闺女吓得那个样子！"又向艾艾说："艾！醒了没有？什么事也没有，你爹叫你回去睡哩！"张木匠说："看你把她惯成什么样子！"艾艾这才醒过来，什么也没有说，笑了一笑就走了。

张木匠听得艾艾回西房去关上门，自己也把门关上，回头一边脱衣服一边悄悄跟小飞蛾说："这二年给咱艾艾提亲的那么多，你总是挑来挑去都觉着不合适。东院五婶说的那一家有成呀没成？快把她出脱了吧！外面的闲话可大哩！人家都说：一个马家院的燕燕，一个咱家的艾艾，是村里两个招风的东西；如今燕燕有了主了，就光剩下咱艾艾了！"小飞蛾说："不是听说村公所不准燕燕跟小进结婚吗？我听说他们两个要到区上登记，村公所不给开证明，后来怎么又说成了？"张木匠说："人家说她招风，就指的是她跟小进的事，当然人家不给他们证明！后来说的另是一家西王庄的，是五婶给保的媒，后天就要去办登记！"小飞蛾说："我看村公所那些人也是些假正经，瞎挑眼！既然嫌咱艾艾的声名不好，这二年说媒的为什么那么多哩？民事主任为什么还托着五婶给他的外甥提哩？"张木匠说："我这几天只顾玩灯，也忘记了问你：这一家这几年过得究竟怎么样？"小飞蛾说："我也摸不着！虽说都在一个东王庄，可是人家住在南头，我妈家住在北头，没有事也不常走动。五婶说她明天还要去，要不我明天也到我妈家走一趟，顺便到他家里看看去吧？"张木匠说："也可以！"停了一下子他又向小飞蛾说，"我再问你个没大小的话：咱艾艾跟小晚究竟是有的事呀没的事？"小飞蛾当然不愿意把罗汉钱的事告诉给他，只推他说："不用管这些吧！闺女大了，找个婆家打发出去就不生事了！"

二、眼力

艾艾也和她妈年轻时候一样，自从有了罗汉钱，每天晚上把钱捏在手里，衔在口里睡觉。这天晚上回去把衣服上的口袋摸遍了，也找不着罗汉钱，掌着灯满地找也找不着，只好空空地睡了。第二天早晨她比谁也起得早，为了找罗汉钱，起来先扫地，扫得特别细致——结果自然还是找不着。停了一会，她听见她妈开了门，她就又跑去给她妈扫地，她妈见她钻到床底下去扫，明知道她是找钱，也明知道是白费工夫找不着，可是也不好向她说破，只笑着说了一句："看我的艾艾多么孝顺？"

吃过早饭，五婶来叫小飞蛾往娘家去，张木匠照着二十多年来的老习惯自然要跟着去。

张木匠这个老习惯还得交代一下：自从二十多年前他发现小飞蛾把一只戒指送给了保安以后，知道小飞蛾并不爱他，不是就跟小飞蛾不好了吗？可是每当小飞蛾要去娘家的时候，他就又好像很爱护她，步步不离她。后来他妈也死了，艾艾也长大了，两个人的关系又定下来了，可是还不改这个老习惯。有一回，小飞蛾说："还不放心吗？"张木匠说："反正跟惯了，还是跟着去！"这到现在还是这样。

五婶、张木匠、小飞蛾三个人都要动身了，小飞蛾说："艾艾！你不去看看你姥姥（外祖母）！"艾艾说："我不去，初三不是才去过了吗？"张木匠说："不去就不去吧，好好给我看家！不要到外边飞去！"说罢，三个人就相跟着走了。

　　艾艾仍忘不了找她的罗汉钱。她要是寻出钥匙，到箱子里去找，管保还能多找出一个来，不过她梦也梦不到在箱子里，她只沿着她到过的地方找，直找到晌午仍是没有影踪。钱找不着，也没有心思做饭吃，天气晌午多了，她只烤了两个馒头吃了吃。

　　刚刚吃过馒头，小晚来了。艾艾拉住小晚的手，第一句话就是："罗汉钱丢了！""丢就丢了吧！""气得我连饭也吃不下去！""那也值得生个气？我看那都算不了什么！在着能抵什么用？听说你爹你妈跟东院里五奶奶去给你找主儿去了。是不是？""咱哪里知道那老不死的为什么那么爱管闲事？""咱们这算吹了吧？""吹不了！""要是人家说成了呢？""成不了！""为什么？""我不干！""由得了你？""试试看！"正说着，外边有人进来，两个人赶快停住。

　　进来的是马家院的燕燕。艾艾说："燕燕姊！快坐下！"燕燕看见只有他们两个人，就笑着说："对不起！我还是躲开点好！"艾艾笑了笑没答话，按住肩膀把她按得坐到凳子上。燕燕问："你们的事怎么样？想出办法来了没有？"艾艾说："我们正谈这个！"燕燕的眼圈一红接着就说："要办快想法，不要学我这没出息的耽搁了事！"说了这么句话，眼里就滚出两点泪来，引得艾艾和小晚也陪着她伤心，眼边也湿了。

　　过了一阵，三个人都揉了揉眼，小晚问燕燕："不是还没有登记？"燕燕说："明天就要去！"艾艾问："这个人怎么样？"燕燕说："谁可见过人家个影儿？"艾艾又问："不能改口了吗？"燕燕说："我妈说：'你不愿意我就死在你手！'我还说什么？"

艾艾说:"去年腊月你跟小进到村公所去写证明信,村公所不给写,是怎么说的?什么理由?"燕燕说:"什么理由!还不是民事主任那个死脑筋作怪?人家说咱声名不正,除不给写信,还叫我检讨哩!"小晚说:"明天你再去了,人家民事主任就不要你检讨了吗?"燕燕说:"那还用我亲自去?只要是父母主婚,谁去也写得出来;真正自由的除不给写还要叫检讨!就那人家还说是反对父母主婚!"小晚向艾艾说:"我看咱这算吹了!五奶奶今天去给你说的这个,一来是人家民事主任的外甥,二来又有你妈作主。你妈今天要听了东院五奶奶的话,回来也跟你死呀活呀地一闹,明天你还不跟人家到区上去登记?"艾艾说:"我妈可不跟我闹,她还只怕我闹她哩!"

正说着,门外跑进一个人来,隔着窗就先喊叫:"老张叔叔,老张叔叔!"艾艾拉了燕燕一把说:"小进哥哥又来找你!"还没等燕燕答话,小进就跑进来了。燕燕本来想找他诉一诉苦,两三天也没有找着个空子,这会见他来了,赶快和艾艾坐到床边,把凳子空出来让他坐,两眼直对着他,可是一时想不起来该怎样开口。小进没有理她,也没有坐,只朝着艾艾说:"老张叔叔哩?场上好多人请他教我们玩龙灯去哩!"艾艾说:"我爹到我姥姥家去了!你快坐下!"小进说:"我还有事!"说着翻了燕燕一眼就走出去,走到院里,又故意叫着小晚说:"小晚!到外边玩玩去吧,瞎磨那些闲工夫有什么用处?回去叫你爹花上几石米吧!有的是!"说着就走远了。燕燕一肚子冤枉没处说,一埋头爬在床边哭起来,艾艾和小晚两个人劝也劝不住。

劝了一会，燕燕忍住了哭跟他两个人说："我劝你们早些想想办法吧！你看弄成这个样子伤心不伤心？"艾艾说："你看有什么办法？村里的大人们都是些老脑筋，谁也不愿揽咱的事，想找个人到我妈跟前提一提也找不着。"小晚说："说好话的没有，说坏话的可不少；成天有人劝我爹说：'早些给孩子定上一个吧！不要叫尽管耽搁着！'"燕燕猛然间挺起腰来，跟发誓一样地说："我来当你们的介绍人！我管跟你们两头的大人们提这事！"又跟艾艾说："一村里就咱这么两个不要脸闺女，已经耽搁了一个我，难道叫连你也耽搁了？"小晚站起来说："燕燕姊！我给你敬个礼！不论行不行冒跟我爹提一提！不行也不过是吹了吧？总比这么着不长不短好得多！就这样吧，我得走了！不要让民事主任碰上了再叫你们检讨！"说了就走了。

艾艾又和燕燕计划了一下，见了谁该怎样说见了谁该怎样说，东院里五奶奶要给民事主任的外甥说成了又该怎样顶。她两人正计划得起劲，小飞蛾回来了。她两个让小飞蛾坐了之后，燕燕正打算提个头儿，可是还没有等她开口，五婶就赶来了。五婶说："不论说人，不论说家，都没有什么包弹的！婆婆就是咱村民事主任的姊姊，你还不知道人家那脾气多么好？闺女到那里管保受不了气！你还是不要错打了主意！"小飞蛾说："话叫有着吧！回头我再和她爹商量商量！"五婶见小飞蛾不愿意，又应酬了几句就走了，艾艾可喜得满脸笑涡。

小飞蛾为什么不愿意呢？这就得谈谈她这一次去娘家的经过：早饭后他们三个人相跟着到了东王庄，先到了小飞蛾她妈家里。五婶叫小飞蛾跟她到民事主任的外甥家里看看去，小飞蛾说："相跟去了不好！不如你先到他家去，我随后再去，就说是去叫你相跟着回去，省得人家说咱是亲自送上门的！"

南头这家也只有三口人——老两口，一个孩子——就是张家庄民事主任的姊姊、姊夫和外甥：孩子玩去了，家里只剩下老两口。五婶一进去，老汉老婆齐让坐。几句见面话说过后，老汉就问："你说的那三家，究竟是哪一家合适些？"五婶说："依我看都差不多，不过那两家都有主了，如今只剩下小飞蛾家这一个了！"老汉说："怎么那么快？"五婶说："十八九的大姑娘自然快得很了！"老婆向老汉说："我叫快点决定，你偏是那么慢腾腾地拖，好的都叫人家挑完了！"五婶故意说："小一点的不少！就再说个十四五的吧？反正还比你的孩子大！"老婆说："老嫂子！不要说笑话了！我要是愿意要十四五的，还用得搬你这么大的面子吗？"五婶说："要大的可算再找不上了！你怎么说'好的都叫人家挑完了'？我看三个里头，就还数人家小飞蛾这一个标致！我想你也该见过吧！长得不是跟二十年前的小飞蛾一个样吗？"老婆说："人样儿满说得过去，不过听说她声名不正！"五婶："要不是那点毛病，还能留到十八九不占个家吗？以前那两个还不一样吗？"老婆说："要是有那个毛病，咱不是花着钱买个气布袋吗？"五婶说："你不要听外人瞎谣传！要真有大毛病的话，你娘家兄弟还叫我来给你提吗？那点小毛病也算不了什么，只要到咱家改过来就行了！"老汉说："还改什么？什么样的老母下什么样的儿！小飞蛾从小就是那么个东西！"五婶说："改得了！人是苦虫！痛痛打一顿以后就没有事了！"老汉说："生就的骨头，那里打得过来？"五婶说:"打得过来,打得过来! 小飞蛾那时候,还不是张木匠一顿锯梁子打过来的?"

他们正说到这里,小飞蛾正走到当院里,正赶上听见五婶末了说的那两句话。她一听,马上停了步,看了看院里没人,就又悄悄溜出院来往回走。她想:"难道这挨打也得一辈传一辈吗? 去你妈的! 我的闺女用不着请你管教!" 回到她妈家里,她妈和张木匠都问:"怎么样?" 她说:"不行! 不跟他来!" 大家又问她为什么,她说:"不提他吧! 反正不合适!" 她妈见她咕嘟着个嘴,问她怎么那样不高兴,她自然不便细说,只说是"昨天晚上熬了夜",说了就到套间里睡觉去了。

其实她怎么睡得着呢? 五婶那两句话好像戳破了她的旧伤口,新事旧事,想起来再也放不下。她想:"我娘儿们的命运为什么这么一样呢? 当初不知道是什么鬼跟上了我,叫我用一只戒指换了个罗汉钱,害得后来被人家打了个半死,直到现在还跟犯人一样,一出门人家就得在后边押解着。如今这事又出在我的艾艾身上了。真是冤孽:我会干这没出息事,你偏也会! 从这前半截事情看起来,娘儿们好像钻在一个圈子里。傻孩子呀! 这个圈子,你妈半辈子没有得跳出去,难道你就也跳不出去了吗?" 她又前前后后想了一下:不论是和她年纪差不多的姊妹们,不论是才出了阁的姑娘们,凡有像罗汉钱这一类行为的,就没有一个不挨打——婆婆打,丈夫打,寻自尽的,守活寡的……"反正挨打的根儿已经扎下了! 贱骨头! 不争气! 许就许了吧! 不论嫁给谁还不是一样挨打?" 头脑要是简单一点,打下这个主意也就算了,可是她的头脑偏不那么简单,闭上了眼睛，就又想起张木匠打她那时候那股牛劲：瞪起那两只吃人的眼睛，用尽他那一身气力，满把子揪住头发往那床沿上"扑差"一按，跟打骡子一样一连打几十下也不让人喘口气……"妈呀！怕煞人了，二十年来，几时想起来都是满身打哆嗦！不行！我的艾艾哪里受得住这个？……"就这样反一遍、正一遍尽管想，晌午就连一点什么也吃不下去，为着应付她妈，胡乱吃了四五个饺子。

午饭以后，五婶等不着她，就到她妈家里来找。五婶还要请她到南头看看，她说"怕天气晚了赶天黑趁不到家"。三个人往张家庄走，五婶还要跟她麻烦，说了民事主任的外甥一百二十分好。她因为不想听下去，又拿出二十多年前那"小飞蛾"的精神在前边飞，虽说只跟五婶差十来步远，可弄得五婶直赶了一路也没有赶上她。进了村，张木匠被一伙举着玩龙灯的青年叫到场里去了，小飞蛾一直飞回了家。五婶还不甘心，就赶到小飞蛾家里，后来碰了个软钉子，应酬了几句就走了。艾艾见她妈没有答应了，自然眉开眼笑，燕燕看见这情形，也觉着要说的话更好说一点。

燕燕趁着小飞蛾没有注意，给艾艾递了个眼色叫她走开。艾艾走开了，燕燕就向小飞蛾说："婶婶！我也给艾艾做个媒吧？"小飞蛾觉着她有点孩子气，笑着跟她说："你怎么也能做媒？"燕燕也笑着说："我怎么就不能做媒？"小飞蛾说："你有人家东院五婶那张嘴？"燕燕说："她那么会说，怎么还没有把你说得答应了她？"小飞蛾说："不合适我就能答应她了？"燕燕说："可见全看合适不合适，不在乎会说不会说！我提一个管保合适!"小飞蛾说:"你冒说说!"燕燕说:"我提小晚!"小飞蛾说:"我早就知道你说的是他!快不要提他!你们这些闺女家,以后要放稳重点,外边闲话一大堆!"燕燕说:"我也学东院五奶奶几句话:'不论说人,不论说家,都没有什么包弹的!'不过我的话比她的话实在得多,不像她那老糊涂,有的说没的道!'婶婶!你想想我的话对不对?"小飞蛾说:"你光说好的,不说坏的!外边的闲话你挡得住吗?"燕燕说:"闲话也不过出在小晚身上,说闲话的人又都是些老脑筋,索性把艾艾嫁给小晚,看他们还有什么说的?"小飞蛾一想:"这孩子不敢轻看!这么办了,管保以后不生闲气,挨打这件事也就再不用传给艾艾了!"她这么一想,觉着燕燕实在伶俐可爱,就伸手抚摩着燕燕的头发说:"好孩子!你还当得了个媒人!"燕燕见她转过弯来,就紧赶着问她:"婶婶!你算愿意了吧?"小飞蛾说:"好孩子,不要急,还有你叔叔!等他回来跟他商量商量!"

燕燕说服了小飞蛾,就辞别过小飞蛾去给艾艾报喜信,不想一出门,艾艾就站在窗外。艾艾拉住她的手,叫她不要声张。两个人相跟着到了院门外,燕燕说:"都听见了吧!"艾艾说:"听见了!谢谢你!"燕燕说:"且不要谢,还有一头哩!你先到街上看灯去,到合作社门口那个热闹地方等着我,我到小晚家试试看!"说了就走了。

燕燕到了小晚家,也走的是妇女路线,先和小晚他娘接头。这地方的普通习惯,只要女家吐了口,男家的话好说,没有费多大工夫,就说妥了。

她跑到合作社门口,拉上艾艾走到个僻静处,把胜利的结果一报告，并且说："只要你妈今天晚上能跟你爹说通，明天就可以去登记。"艾艾听罢，自然是千恩万谢高高兴兴回去了，剩下她想想人家的事，又想想自己的事，两下一对照，伤心得很，趁着这个僻静地方，悄悄哭了一大阵，直到街上人都散了她才回去，回去躺下之后，一直考虑"明天到区上还是牺牲自己呀，还是得罪妈妈"，一夜也不曾合上眼。

小飞蛾呢？自从燕燕和艾艾走出去，她把小晚这一家子细细研究了好几遍。日子也过得，家里也和气，大人们脾气都很平和，孩子又漂亮又正干，年纪也相当，挑来挑去挑不着毛病。这时候，她完全同意了，暗暗夸奖艾艾说："好孩子！你的眼力不错，说闲话的人真是老脑筋！"想到这里，她又想起头一天晚上那个罗汉钱。她又揭开箱子找出那个钱来，心想还了艾艾，又想不到该怎样还她。她正拿着这个在手里搓来搓去想法子，艾艾一鼓劲跑回来。艾艾看见她手里有个东西，就问："妈！你拿了个什么的？"小飞蛾用两根指头捏起来向她说："罗汉钱！""哪儿来的？""我拾（拣）的！""妈！那是我的。""你哪儿来的？""我，我也是拾的！"艾艾说着就笑了。小飞蛾看了看她的脸说："是你的还给了你！"艾艾接过来还装在她的衣裳口袋里。

一会，张木匠玩罢龙灯回来了，艾艾回房去做她的好梦，张木匠和小飞蛾商量艾艾的婚事。

三、不准登记

当天晚上，艾艾回房以后，明知道她的爹妈要谈自己的婚事，自然睡不着觉，爬在窗上听了一会，因为隔着半个院子两重街，也听不出道理来，只听见了两句话。听见两句什么话呢？当她爹妈谈了一阵争执起来之后，她妈说："你说这么办了有什么坏处？"她爹说："坏处是没有，不过挡不住村里人说闲话！"以后的声音又都低下去，艾艾就听不见了。

这一晚艾艾自然没有睡好，第二天早晨起来，本来想先去找燕燕，可是乡村姑娘们，要是家里没有个嫂嫂的话，扫地，抹灰尘，生火做饭，洗锅碗这几件事就成了自己照例的公事，非办不行。她只担心燕燕往区上走了，好容易等到吃过饭，把碗筷收拾起来泡到锅里，偷偷地用锅盖盖起来就跑到燕燕家里去。

她本来想请燕燕替她问一问她妈和她爹商量的结果如何，可是一到了燕燕家，就碰上了别的情况，这番话就不得不搁一搁。这时候，燕燕在床上躺着，她妈坐在那里央告她起来，五婶站在地上等候着。艾艾问："燕燕姊怎么样了？"燕燕她妈说："燕燕只怕怄不死我哩！"燕燕躺着说："都由了你了，还要说我是跟你怄气！"她妈说："不是怄气怎么不起来啊？好孩子！不要怄了！快起来让你五奶奶给你说说到区上的规矩！再到村公所要上一封介绍信，快走吧！天不早了！"燕燕说："我死也不去村公所，我还怕民事主任再要我检讨哩！"她妈说："小奶奶！你不去村公所我替你去！可是你也得起来叫你五奶奶给你说说规矩呀？"燕燕赌着气坐起来说："分明是按老封建规矩办事，偏要叫人假眉三道去出洋相！什么好规矩？说吧！"五婶见她的气色不好，就先劝她说："孩子！再不要别别扭扭的！要喜欢一点！这是恭喜事！"燕燕说："快说你们那假眉三道的规矩吧！什么恭喜事？你们喜的吧，我也喜的？"五婶说："算了算了！气话不要说了！到了区上，我把介绍信递给王助理员。王助理员看了信，问你多大了，你就说多大了；问你是'自愿'吗？你就说'自愿'……"燕燕说："这哪里能算自愿？"五婶说："傻孩子！你就那么说就对了！问过自愿以后，他要不再问什么就算了；他要再问你为什么愿意，你就说'因为他能劳动。'"燕燕说："屁！我连人家个鬼影儿也没有见过，怎么知道人家劳动不劳动？"她妈说："我这闺女的主意可真哩！怄不死我总不能算拉倒！"燕燕说："妈！这怎么能算是我怄你？我真正是不知道呀！你也不要生气了！要我说什么我给你说什么好了！反正就是个我来！五奶奶！还有什么鬼路道，一鼓气说完了算！我都照着你的来！"五婶说："也再没有什么了！"

这时候，小晚来找艾艾，见燕燕母女俩闹得不开交，也就站住来看结果。结果是燕燕答应到了区上照五婶的话说，她妈跟五婶替她到村公所去要介绍信。

等燕燕她妈跟五婶出去之后，艾艾跟燕燕说："燕燕姊！你今天不高兴，我也不知道该怎样劝劝你……"燕燕说："我这辈子算现成了，还有什么高兴不高兴？我还没有问你：你爹同意不同意？"艾艾说："我也不好问！你今天遇了事了，改日再说吧！"燕燕说："不，我偏要马上管！要管管到底，不要叫都弄成我这样！能办成一件也叫我妈长长见识，你就在我这里等一等，让我去问一问你妈，要是答应了，咱们相跟到区上去！"

燕燕走了，剩下了小晚和艾艾。艾艾说："听我爹那口气，好像也不反对，听说你家的大人们也愿意了，现在担心的只是民事主任的介绍信！"小晚说："我也是这么想：咱庄上凡是他插过腿的事，不依了他就都出不了他的手。别看他口口声声说你声名不好，只要嫁给他的外甥，管保就没事了！"艾艾说："对！事情是明明白白的！他不给咱们写，咱们该怎么办？"两个人都愣了，谁也想不出办法来。停了一会，燕燕回来了，说是张木匠也愿意了，可以一同到区上去登记。艾艾跟她说到村公所写介绍信不容易，她也觉着是一件难事，后来想了想说："你们去吧！趁着他给我写罢了你们就提出，他要是不愿意写的话，你们就问他'别人来了可以替人写，亲自来了为什么不行？'看他说什么！"小晚说："对！他要是再不给写，咱俩就不拿介绍信到区上去登记。区上问起介绍信，咱就说民事主任是封建脑筋，别人去了可以替人写，自己去了偏不给写！"艾艾说："那样你不把燕燕姊的事给说漏了吗？"燕燕说："说漏了自然更好了！你们给说漏了，我妈也怨不着我！"小晚说："人家要问介绍人哩？"燕燕说："就说是我！"小晚说："写信时候，介绍人也得去呀？"燕燕想了一想说："可以！我跟你们去！"艾艾说："你不是不愿意到村公所去吗？"燕燕说："我是不去要我的介绍信，给别人办事还可以。咱们到村公所门口等着，等我妈一出门咱们就进去！"艾艾说："民事主任要说你声

名不正不能当介绍人呢？"燕燕说："这回我可有话说！"三个
人商量好了，就往村公所去。他们正走到村公所门口，他妈跟
五婶就出来了。五婶说："不用来了！信写好了！"燕燕说："我
也得问问是怎么写的，不要叫去了说不对！"她妈听着只当是
燕燕真愿意了，就笑着跟她说："你要早是这样，不省得妈来跑
一趟？快问问回来吃些饭走吧！"说着就分头走开。

　　他们三个走进村公所，民事主任才写过信，墨盒还没有盖
上。民事主任看见他们这几个人在一块就没有好气，撇开艾艾
和小晚，专对燕燕说："回去吧，信已经交给你妈了！"燕燕说：
"我知道！这回是给他们两个人写！"主任瞟了小晚和艾艾一眼
说："你两个？""我两个！""自己也都不检讨一下！"小晚说：
"检讨过了，我两个都愿意！"主任说："怕你们不愿意哩？"艾
艾说："你说怕谁不愿意？我爹我妈也都愿意！"小晚说："我爹
我妈也都愿意！"主任说："谁的介绍人？"燕燕说："我！""你
怎么能当介绍人？""我怎么不能当介绍人？""趁你的好声名
哩？""声名不好为什么还给我写介绍信？"主任答不上来就发
了脾气："去你们的！都不是正经东西！"艾艾看见仍不行了，
就又顶了他一句："嫁给你的外甥就成了正经东西了。是不是？"

　　这一下更问得主任出不上气来。主任对艾艾，确实有两种
正相反的估价：有一次，他看见艾艾跟小晚拉手，他自言自语
说："坏透了！跟年轻时候的小飞蛾一个样！"又一次，他在他
姊姊家里给他的外甥提亲提到了艾艾名下，他姊姊说："不知道
闺女怎么样？"他说："好闺女！跟年轻时候的小飞蛾一个样！"
这两种评价，在他自己看起来并不矛盾：说"好"是指她长

得好，说"坏"是指她的行为坏——他以为世界上的男人接近女人就是坏透了的行为。不过主任对于"身材"和"行为"还不是平均主义看法：他以为"身材"是天生的，是什么就是什么；行为是可以随着丈夫的意思改变的，只要痛痛打一顿，说叫她变个什么样就能变成个什么样。在这一点上，他和东院五婶的意见根本相同。可是这道理他向艾艾说不得，要是说出来，艾艾准会对他说："这个民事主任用不着你来当，最好是让给东院五奶奶当！"

闲话少说，还是接着说吧：当艾艾问嫁给他的外甥算不算正经的时候，他半天接不上气来，就很蛮地把墨盒盖子一盖说："任你们有天大的本事，这个介绍信我不写！"艾艾说："不写我们也要去登记！区上问起来我就请他们给评一评这个理！"主任说："不服劲你就去试试！区上又不是不知道你们的好声名！"吵了半天，还是不给写，他们只得走出来。

燕燕回家去吃过饭，艾艾回家去洗过锅碗，五婶、燕燕、小晚和艾艾，四个人都往区上去。三个青年人都觉着五婶讨厌，故意跑在前边不让五婶追上，累得五婶直喘气。走到区公所门口，门口站着五六个人，男女老少都有，只是一个也认不得。原来五婶约着人家西王庄那个孩子在区公所门口等，现在这五六个人，好像也都是等人，有两个大人似乎也是当介绍人的，其中有两个青年男子，一个有二十多岁，一个有十五六岁。燕燕他们三个人，都估量看那个十五六岁的就是给燕燕说的那一个，因为五婶说过"实岁数是十五"。可是谁也认不得，不愿意随便打招呼。停了一会，五婶赶到了。五婶在区门边一看说："怎么西王庄那个孩子还没有来？"她这么一说，他们三个才知道是估量错了，原来那一个也不是。就在这时候，收发室里跑出一个小孩子来向五婶嚷着说："老大娘！我早就来了！"嗓子比燕燕的嗓子还尖。燕燕一看：比自己低一头，黑光光的小头发，红红的小脸蛋，两只小眼睛睁得像小猫，伸直了他的小胖手，手背上还有五个小涡涡。燕燕想："这孩子倒也很俏皮，不过我看他还该吃奶，为什么他就要结婚？"五婶说："咱们进去吧！"他们先到收发处挂了号，四个人相跟着进去了。

　　正月天，亲戚们彼此来往得多，说成了的亲事也特别多，王助理员的办公室挤满了领结婚证的人，累得王助理员满头汗。屋子小，他们进去站在门边，只能挨着次序往桌边挤。看见别人办的手续，跟五婶说的一样，很简单：助理员看了介绍信，"你叫什么名？"叫什么。"多大了？"多大了。"自愿吗？""自愿！""为什么愿嫁他？"或者"为什么愿娶她？""因为他能劳动！"这一套，听起来好像背书，可是谁也只好那么背着，背了就发给一张红纸片叫男女双方和介绍人都盖指印。也有两件不准的，那就是有破绽：一件是假岁数报得太不相称，一件是从前有过纠纷。

　　快轮到他们了，燕燕把艾艾推到前边说："先办你的！"艾艾便挤到桌边。这时候弄出个笑话来：助理员伸着手要介绍信，西王庄那个孩子也已经挤到桌边，信就在手里预备着，一下子就递上去！五婶看见着了急，拉了他一把说："错了错了！"那孩子说："不错，人家都是一人一封！"原来五婶在区门口没有把艾艾和燕燕向那孩子交代清楚，那孩子看见艾艾比燕燕小一点，以为一定是这个小的。王助理员接住他的信还没有赶上拆开，小晚就挤过去跟他说："说你错了你还不服哩！"回头指了指燕燕又向他说："你是跟那一个！"经他一说破，满屋子弄了个哄堂大笑，王助理员又把信递给那个孩子说："你怎么连你的对象也认不得？"小晚说："我两个没有介绍信，能不能登记？"王助理员说："为什么没有介绍信？"艾艾说："民事主任不给写！燕燕她妈替她去还给写，我们亲自去了不给写，他要叫我嫁给他的外甥！""你们是哪个村？""张家庄！"问艾艾："你叫什么？""张艾艾！"王助理员注意了她一下说："你就是张艾艾呀？""是！"王助理员又看着小晚说："那末你一定就是李小晚了？"小晚说："是！"王助理员说："谁的介绍人呢？"燕燕说："我！""你叫什么？""马燕燕！"王助理员说："你两个都来了？你怎么能当介绍人？""我怎么不能当介绍人？""村里有报告，说你们的声名不正！"三个人同问："有什么证据？"王助理员说："说你们早就有来往！"小晚说："早有个来往有什么不好？没来往不是会把对象认错了吗！"这句话又说得大家笑起来。王助理员说："村里既然有报告，等调查调查再说吧！"燕燕说："助理员！你说叫他们两个人结了婚有什么不好？为什么还要调查呢？他们两个人都没有结过婚，和谁也没有麻烦！两个人又是真正自愿，还要调查什么呢？"助理员说："反正还得调查调查！这件事就这样了。"又指着西王庄那个孩子说："拿你的信来吧！"小孩子递上了信，五婶一边把村公所给燕燕的介绍信也递上去。

　　王助理员问西王庄那个孩子："你叫什么？""王旦！""十

几了？""十……二十了！"小王旦说了个"十"就觉着和五婶教他的话不一样，赶快改了口。王助理员说："怎么叫个'十二十'呢？"小王旦没话说，王助理员又问："你们是自愿吗？""自愿。""为什么愿意跟她结婚？""因为她能劳动！"王助理员又看了看燕燕的介绍信说："马燕燕！你说他究竟多大了！"燕燕说："我不知道！"五婶急得向燕燕说："你怎么说不知道？"燕燕回答说："五奶奶！我真正不知道！你那里跟我说过这个？"五婶不知道燕燕是有意叫弄不成事，还暗暗埋怨燕燕说："这闺女心眼儿为什么这么死？就算我没有跟你说过，可是人家说二十，你就不会跟着说二十吗？"在这时候，小王旦偏要卖弄他的聪明。他说："人家是真正不知道！我住在西王庄，人家住在张家庄，我两个谁也没有见过谁，人家怎么知道我多大了呢？"王助理员说："我早就知道你没有见过她！要是见过，怎么还能认错了呢？你没有见过人家，怎么知道人家能劳动？小孩子家尽说瞎话！不准你们两个登记！一来男方的岁数不实在，说不上什么自愿不自愿；二来见了面连认也认不得，根本不能算自由婚姻，都回去吧！"

五个人都出了区公所，小王旦回西王庄去了，五婶和他们三个年轻人仍回张家庄去。在路上，五婶怪燕燕说错了话，燕燕故意怪五婶教她说话的时候没有教全。艾艾跟小晚说王助理员的脑筋不清楚，燕燕说王助理员的脑筋还不错。

他们四个人相跟了一段，还跟来的时候一样，三个青年走在前边商量自己的事，五婶在后边赶也赶不上。他们谈到以后该怎么样办，燕燕仍然愿意帮着艾艾和小晚想办法，他们两个也愿意帮着燕燕，叫她重跟小进好起来。用外交上的字眼说，也可以叫做"定下了互助条约"。

四、谁该检讨?

前边说过，张家庄的民事主任对妇女的看法是"身材第一，行为第二，行为是可以随着丈夫的意思改变的"。其实这种看法在张家庄是很普遍的一种看法，不只是民事主任一个人如此——要是他一个人，也不会给这两个大闺女造成坏的"声名"。张家庄只剩这么两个大闺女，这两个人又都各自结交了个男人。谁也说她们"坏透了"，可是谁也只想给自己人介绍，介绍不成功就越说她们"坏"，因此她们两个的声名就"越来越坏"。

自从她们到区上走了一趟，事情公开了，老年人都认为"更坏得不能提了"，也就不提了；打算给自己人介绍的再看见没有希望了，也就提得少了；青年人大部分从前只是跟着大人瞎吵吵，心里边其实早就赞成，见大人不多提了也就不吵吵了；另有几个原来想和小晚竞争一下，后来见艾艾的心已经落到小晚身上，他们也就没劲了；再加上公开了之后，谁要当面说闲话，她们就要当面质问："我们结了婚有什么坏处?"这句话的力量很大，谁也回答不出道理来。有这么好多原因，说闲话的人一天比一天少起来。她两个的声名也一天比一天好起来。

在这两对婚姻问题上，成问题的只有三个人：一个是燕燕她妈，说死说活嫌败兴，死不赞成；一个是民事主任，死不给写介绍信；再一个就是区上的王助理员，光认空话不办事，艾艾跟小晚去问过几次，仍是那一句话："以后调查调查再说。"因为有这么三个人，就把四个人的事情给拖延下来。

他们四个都是不当家的孩子，家里的大人，燕燕她妈还反对，其馀的纵不反对也不给他们撑腰，有心到县里告状去，在家里先请不准假。在这个情况下面，气得他们每天骂民事主任，骂王助理员。

一直骂了两个月，还是不长不短，仍然没有结果。种谷的时候，有一天晚上，小晚到合作社去，合作社掌柜笑着跟他说："小晚！你们结婚的事情怎么样了？"小晚说："人家区上还没有调查好哩！"掌柜说："几时就调查好了？"小晚说："还不得个十年二十年？"掌柜说："你真会长期打算！现在不用等那么长时候了，新婚姻法公布出来了！看了那上边的规定，你们两个完全合法！"小晚只当他是开玩笑，就说："看你这个掌柜多么不老实？"掌柜正经跟他说："真的！给你看看报！"说着递给他一张报。小晚先看见报上的大字觉着真有这回事，就拿到灯下各里各节往下念，掌柜说："让我念给你听！"说着接过来一口气念下去。等掌柜念完，大家都说："小晚这一下撞对了！明天再去登记去吧！完全合法！"

小晚有了这个底，从合作社出来就去找艾艾；因为他们和燕燕小进有互助条约，艾艾又去找燕燕，小晚又去找小进。不大一会，四个人到了艾艾家开了个会，因为燕燕不愿意马上得罪她妈，决定第二天先让艾艾和小晚去登记。燕燕说："只要你们能领回结婚证来，我妈那里的话就好说一点。虽然你们说我妈不同意也可以，依我看能说通还是说通了好!"大家也就同意了她的话。

这天晚上散会之后，小晚和艾艾各自准备了半夜，计划着第二天到区上，王助理员要仍然不准，他们用什么话跟他说。不料第二天到了区上，王助理员什么也没有再问就给填了结婚证。

隔了一天，区公所通知村公所，说小晚和艾艾的婚姻是模范婚姻，要村里把结婚的日期报一下，到那时候区里的干部还要来参加他们的结婚典礼。

因为区里说是模范婚姻，村里人除了太顽固的，差不多也都另换了一种看法；青年人们本来就赞成，有好多自动来给他们帮忙筹备，不几天就准备停当了。

结婚这一天，区上来了两个干部——一个区分委书记，一个王助理员。村上的干部差不多全体参加了——民事主任本来不想到场，区上说别的干部可以不参加，他非参加不可，他没法，也只得来。

因为区上说是模范婚姻，村上的群众自然也来得特别多，把小晚家一个院子全都挤满。

会开了，新人就了位，不知道那个孩子从外边学来的新调皮，要新媳妇报告恋爱经过，还要叫从罗汉钱说起。艾艾说："那算什么稀奇？我送了他个戒指，他送了我个罗汉钱。一句话不就说完了吗？"

有个青年小伙子说："她这么说行不行？"大家说："不行!"

"不行怎么办？""叫她再说！"艾艾说："你们这么说我可不赞成！这又不是斗争会！"有的说："我们好意来给你帮个忙，凑个热闹，你怎么撵起我们来了？"艾艾说："大家帮我的忙我很欢迎，不过可不愿意挨斗争！罗汉钱的事实在没有多少说的，大家要我说，我可以说一些别的事！"大家说："可以！""说什么都好！"艾艾说："大家不是都知道我的声名不正吗？你们知道这怨谁？"有的说："你说怨谁？"艾艾说："怨谁？谁不叫我们两个人结婚就怨谁，你们大家想想：要是早一年结了婚，不是早就正了吗？大家讲起官话来，都会说'男女婚姻要自主'，你们说，咱们村里谁自主过？说老实话，有没有一个不是父母主婚？"大家心里都觉着对，只是对着区干部不好意思那么说。艾艾又接着说："要说有的话，女的就只有我和燕燕两个，可是民事主任常常要叫我们检讨，我们检讨过了，要说有错的话，就是说我们不该自主！说到这里了我也坦白坦白：为了这事，我整整骂了民事主任两个月了，现在让我来陪个情！"大家问："都骂了些什么话？"艾艾说："现在我们两人的事情已经成功了，前边的事就都不提它了……"大家一定要艾艾说，艾艾总不肯说，小晚站起来笑着说："我说了吧！我也骂过！主任可不要恼！我不过是当成故事来说的。我说：'……我也愿意，她也愿意，就是你这个当主任的不愿意！我两个结了婚，能把你的什么事坏了？老顽固！死脑筋！外甥路线！嫁给你的外甥，管保就不用检讨了！'"大家都看着民事主任笑，民事主任没有说话。区分委书记说："你也给王助理员提点意见！"小晚说："王助理员倒是个好人，可惜认不得真假！光听人家说个'自愿'，也不看说得有劲没劲，连我都能看出是假的来，他都给人家发了结婚证！问人家自愿的理由，更问得没道理：只要人家真是自愿，哪管得着人家什么理由，他既然要这样问，人家就都跟背书一样给他背一句'因为他能劳动'。哪个庄稼人不能劳动？这也算个理由吗？轮上我们这真正自愿的了，他说村里有报告，说我们两个人早就有来往，还得调查调查。村里报告我们早就有来往，还不能证明我们是自愿吗？那还要调查什么？难道过去连一点来往也没有才叫自愿吗？"小晚说到这里，又吃吃吃笑着说："我再说句老实话：我们也骂过王助理员。我们说：'助理员，傻不傻？不要真，光要假！多少假的都准了，一对真的要调查！'王助理员你可不要恼我们！从你给我们发了结婚证那一天，我们就再也没有骂过你一句！"

区分委书记说："你骂得对！我保证谁也不恼你们！群众说你们声名不正，那是他们头脑里还有些封建思想，以后要大家慢慢去掉。村民事主任因为想给他外甥介绍，就不给你们写介绍信，那是他干涉婚姻。中央人民政府公布了婚姻法以后，谁再有这种行为，是要送到法院判罪的。王助理员迟迟不发结婚证，那叫官僚主义不肯用脑子！他自己这几天正在区上检讨。中央人民政府的婚姻法公布以后，我们共产党全党保证执行，我们分委会也正在讨论这事，今天就是专为了搜集你们的意见来的！"区分委书记说着向全场看了一看说："党员同志们，你们说说人家骂得对不对呀？检查一下咱们区上村上这几年处理错了多少婚姻问题？想想有多少人天天骂咱们？再要不纠正，受了党内处分不算，群众也要把咱们骂死了！"

　　散会以后，大家都说这种婚姻结得很好，老说:"两个人以后一定很和气，总不会像小飞娥那时候叫张木匠打得个半死!"连一向说人家声名不正的老头子老太太，也有说好的了。

　　这天晚上，燕燕她妈的思想就打通了，亲自跟燕燕说叫她第二天跟小进到区上去登记。

一九五〇年六月五日。

地　板

　　王家庄办理减租。有一天解决地主王老四和佃户们的租佃关系，按法令订过租约后，农会主席问王老四还有什么意见没有，王老四说："那是法令，我还有什么意见？"村长和他说："法令是按情理规定的。咱们不只要执行法令，还要打通思想。"王老四叹了口气说："老实说：思想我是打不通的！我的租是拿地板换的，为什么偏要叫我少得些才能算拉倒？我应该照顾佃户，佃户为什么不应该照顾我？我一大家人就是指那一点租来过活，大前年遭了旱灾，地租没有收一颗，把几颗馀粮用了个光，弄得我一年顾不住一年，有谁来照顾我？为什么光该我照顾人？"农会主席给他解释了一会，区干部也给他解释了一会，都说粮食是劳力换的，不是地板换的。解释过后，问他想通了没有，他说："按法令减租，我没有什么话说；要我说理，我是不赞成你们说那理的。他拿劳力换，叫他把我的地板缴回来，他们到空中生产去！你们是提倡思想自由的，我这么想是我的自由，一千年也不能跟你们思想打通！"

　　小学教员王老三起来面对着王老四讲道：——

　　老四！再不要提地板，不提地板不生气！

你知道！我常家窑那地板都怎么样？从顶到凹，都是红土夹沙地，论亩数，老契上虽写的是荒山一处，可是听上世人说，自从租给人家老常他爷爷，十来年就开出三十多亩好地来；后来老王老孙来了，一个庄上安起三家人来，到老常这一辈三家种的地合起来已经够一顷了。论打粮食，不知道他们共能打多少，光给我出租，每年就是六十石。如今啦，不说六十石，谁可给我六升呢？

大前年除了日本人和姬镇魁的土匪部队扰乱，又遭了大旱灾，二伏都过了，天不下雨满地红。你知道吧！咱村二百多家人，死的死了，跑的跑了，七零八落去下了三四十家。就在这时候，老常来找我借粮，说老王和老孙都饿得没了办法，领着家里人逃荒走了。后来老常饿死，他老婆领着孩子回了林县，这庄上就没有人了。——我想起来也很后悔，可该借给人家一点粮。

那年九月间，八路军来打鬼子的碉堡，咱不是还逃到常家窑吗？你可见来：前半年虽没有种上庄稼，后半年下了连阴雨，蒿可长得不低，那一片地也能藏住人。庄上的房子没人住了，牵牛花穿过窗里去，梁上有了碗口大的马蜂窝。那天晚上大家都困乏了，呼噜呼噜睡下一地，我可一夜也没有睡着。你想：我在咱本村里，就只有南墙外的三亩菜地，那中啥用？每年的吃穿花销，还都不是凭这常家窑的顷把地吗？眼见常家窑的地里，没有粮食光有蒿，我的心就凉了半截。

这年秋天，自然是一颗租子也没有人给。咱们这些家，是大手大脚过惯了的，"钟在寺院音在外"，撑起棚子来落不下：

冬天出嫁闺女，回礼物，陪嫁妆，请亲戚，女婿认亲，搬九，哪一次也不愿丢了脸，抬脚动手都要花钱。几年来兵荒马乱，鬼子也要，姬镇魁也抢，你想能有几颗馀粮？自己吃的是它，办事花的也是它，不几天差不多糟蹋光了。银钱是硬头货，虚棚子能撑几天？谷囤子麦囤子，一个一个都见了底，我有点胆寒，没等过了年就把打杂的、做饭的一齐都打发了。

　　七岁的孩子能吃不能干，你三嫂活了三四十岁也是个坐在炕上等饭的，我更是出门离马不行的人。这么三个人来过日子，不说生产，生的也做不成熟的。你三嫂做饭扫地就累坏了她，我喂喂马打个油买个药也顾住了我，两个人一后晌铡不了两个干草，碾磨上还得雇零工。

　　过了年，接女婿住过了正月十五，囤底上的几颗粮食眼看扫不住了，我跟你三嫂着实发了愁。依我说就搬到常家窑去种我那地，你三嫂不愿意，她说二口人孤伶伶地去那里不放心。后来正月快过完了，别人都在地里送粪，我跟你三嫂说："要不咱就把咱那三亩菜地也种成庄稼吧？村边的地，收成好一点，俭省一点，三亩地也差不多够咱这三口人吃。"她也同意。第二天，我去地里看了一下，辣子茄子秆都还在地里直撅撅长着，我打算收拾一下就往地里送。

　　老弟！我把这事小看了，谁知道种地也不是件简单的事！不信你试！光几畦茄子秆耽误了一前晌：用镰削，削不下来，用斧砍，你从西边砍，它往东歪，用镢刨，一来根太深，二来枝枝碍事，刨不到根上。回家跑了三趟，拿了三件家具都不合适，后来想了个办法：用镢先把一边刨空了，搬倒，用脚踩住再用斧砍。弄了半晌还没有弄够一畦。邻家小刚，挑着箩头从地里回来，看见我两双手抡着斧剁茄根，笑得合不住口，羞得我不敢头。他笑完了，告我说不用那样弄，说着他就放下箩头拿起镢来刨给我看。奇怪！茄秆上的枝枝偏不碍他的事！那一枝碰镢把，就把那一枝碰掉。他给我做了个样子就刨了一畦，跟我半前晌做的一般多。他放下镢担起箩头来走了，我就照着他的样子刨，也行！也刨得起来了，只是人家一两镢就刨一颗，我五镢六镢也刨不下一颗来。刨了不几颗，两手上磨起两溜泡来；咬着牙刨到晌午才算刨完，吃了饭，胳膊腿一齐疼，直直睡了一后晌。

第二天准备送粪。我胳膊疼得不想去插（插是往驮子里装的意思。因为用锹插进粪里，才能把粪取起来，所以叫"插"），叫你三嫂去，这一下把她难住了。她给她娘守服，穿着白鞋。老弟，我说你可不要笑，你三嫂穿鞋，从新穿到破，底棱上也不准有一点黑，她怎么愿意去插粪呢？可是粪总得用人插，她也没理由推辞，只好拿着铁锹走进马圈里。她走得很慢，看准一个空子才敢往前挪一步，小心谨慎照顾她那一对白鞋，我在她背后看着也没有敢笑。往年往菜地里上的粪，都是打杂的从马圈里倒出来，捣碎了的；这一年把打杂的打发了，自然没人给捣。她拿着一张锹，立插插不下去，一平插就从上面滑过去了，反过锹来往回刮也刮不住多少，却不幸把她一对白鞋也埋住了。老弟，你不要笑，你猜她怎么样？她把锹一扔，三脚两步跑出马圈来，又是顿，又是蹴，又是用手绢擦，我在一旁忍不住笑出来。我越笑，她越气，擦了半天仍然

有许多黄麻子点；看看手，已经磨起了一个泡来，气得她鼓嘟
着嘴跑回去了。得罪了老婆，自然还得自己干，不过我也不比
人家强多少，平插立插也都是一样插不上，后来用上气力尽在
堆上撞，才撞起来些大片子。因为怕弄碎了不好插，就一片一
片装进驮子里去。绝没有想起来这一下白搭了：备起马来没人
抬，——老婆才生了气，自然叫不出来，叫出来也没有用；邻
居们也都不在家，干看没办法。后来在门口又等到小刚担粪回
来，他接得起我抬不起，还是不算话。两个人想了一会，他有
了主意，把粪又倒出半驮，等抬上以后他又一锹一锹替我添
满，这才算插出第一驮粪。这一下我又学了一样本领，第二驮
我就不把驮子拿下来，只把马拴住往上插，地不够一百步远，
一晌只能送三驮，因为插起来费事。

老弟！这么细细给你说，三天三夜也说不完，还是粗枝大
叶告诉你吧！

粪送到地了，也下了雨，自己不会犁种，用个马工换了两
个人工才算把谷种上。

村里牲口都叫敌人赶完了，全村连我的马才只有三个牲
口。八路军来了，人家都组织起互助组，没牲口的都是人拉
犁。也有人劝我加入互助组，我说我不会做活，人家说：“你不
能多做，少做一点，只要把牲口组织起来就行。”那时候我的
脑筋不开，我怕把牲口组织进去给大家支差，就问人家能不参
加不能。人家说是自愿的才行，我说：“那我不自愿。”隔了不
几天，人也没吃的了，马也没有一颗料，瘦干了，就干脆卖了
马养起人来了。

谷苗出得很不赖，可惜锄不出来。我跟你三嫂天天去锄，好像尽管锄也只是那么一大片，在北头锄了这院子大一片，南头的草长起来就找不见苗了。四面地邻也都种的是谷，这一年是丰收年，人家四面的谷都长够一人高，我那三亩地夹在中间，好像个长方池子。到了秋收时候，北头锄出来那一小片，比起四邻的自然不如，不过长的还像个谷，穗也秀得不大不小，可惜片子太小了。南头太不像话，最高的一层是蒿，第二层是沙蓬，靠地的一层是抓地草。在这些草里也能寻着一些谷：秀了穗的，大的像猪尾巴，小的像纸烟头。高的挂在蒿杆上，低的钻进沙蓬里；没秀穗的，跟抓地草锈成一片，活着的像马鬃，死了的像鱼刺，三亩地打了五斗。老弟，光我那一圈马粪也不止卖五斗谷吧？我跟你三嫂连马工贴上，一年才落下这点收成，要不连这五斗谷也打不上。这一年，人家都是丰年，我是歉年，收完秋就没有吃的了。

村里人都打下两颗粮食了，就想叫小孩子们识几个字，叫干部来跟我商量拨工——他们给我种那三亩地，我给他们教孩子，我自然很愿意，可惜马上就没有吃的。村里人倒很大方，愿意管我饭，又愿意给你三嫂借一部分粮，来年给我种地还不用我管饭。这一下把我的困难全部解决了，我自然很高兴，马上就开了学。

这是前年冬天的事。去年就这样拨了一年工，还是那三亩地，还种的是谷，到秋天打了八石五。老弟！你看看人家这本领大不大？我虽是四十多的人了，这本领我非学不可！今年村里给学校拨了二亩公地，叫学生们每天练习一会生产啦！我也参加到学生组里，跟小孩们学习学习。我觉着这才是走遍天下饿不死的真正本领啦！

老弟！在以前我也跟你想的一样，觉着我这轿上来马上去，遇事都要耍个排场，都是凭地板啦，现在才知道是凭人家老常老孙啦！唉，真不该叫把人家老常饿死了来！我看我常家窑那顷把地不行了，地广人稀，虽然有些新来的没地户，可是汽车路两旁的好地还长着蒿啦！谁还去种山地？再迟二年，地边一塌，这不是又变成"荒山一处"了吗！

老弟！再不要跟人家说地板能换粮食。地板什么也不能换，我那三亩菜地，地板不比你的赖，劳力不行了，打的还不够粪钱；常家窑那顷把红土夹沙地，地板也不赖，没有人只能长蒿，想当柴烧还得亲自去割，雇人割回来，不比买柴便宜。

老弟！人家农会主席跟区上的同志说得一点也不差，粮食确确实实是劳力换的，不信你今年自己种上二亩去试试！

打倒汉奸

——有韵小剧

这种文体不是我的创造，而是山西东南部说鼓词的艺人们放在正书之前的开场闲话之一种，也叫"书冒"，因此我也可以把它叫作"书冒体"。

这篇小东西是一九三六年在山西写成的，当时会在高沐鸿同志办的小报上印过一次，也在农村演过一个时期，后来抗战开始，那地方成了抗日根据地，除奸成了合法的了，这戏就失去现实意义，我连稿也没有存。不过因为写的时候磨过一点洋工，自己还能背诵，又因为自己涵养不足，青年盛气一发作，就好在人前卖弄一番，去年有一次和同志们卖弄起来又背诵了一通，同志们一定要我把他抄出来作为一种"文体"来参考，当时就把他抄出来，并且在《大众文艺通讯》第二期印过一次。为了避免抄卖旧货之嫌，特作出这点小声明。

作者

人　物

黑　蛋　大学毕业生，三十馀岁

黑蛋父

黑蛋母

黑蛋妻

来　拴

保　官　大学毕业生，另名良鉴

群众四五人

小孩小乱

二　嫂　四十馀岁

　　景：一个农民的家庭，左后有门，傍门侧有床，正中摆两椅一桌，右方有一长凳。

　　时间：一九三五年冬天。

　　幕启：黑蛋母与二嫂坐床上，手内均拿着消闲活（非正经活），黑蛋妻坐右侧椅上。

嫂　黑蛋娘，你为啥不去看看人家保官？

母　他二嫂，咱那里有脸去看，你不看咱的黑蛋。

嫂　那不能光看眼前，各人的命运都有个早晚，要说咱黑蛋的聪明能干，十个保官咱也不跟他换。

母　什么聪明能干，哪如人家保官，听说人家在天津当什么委员，一年就能挣几万。

嫂　不是咱黑蛋今年在大学也已经住满？

母　满不满什么也不算，人家见缝就钻，他不会看风驶船；他爹把我的地也快卖完，供得他念书，念了十年，如今毕了业，家也不回，事也不干，闲闲地住在省城会馆。

【黑蛋妻听见婆婆说黑蛋的短处，把手巾缝的衣服一团，站起就走。

母　黑蛋媳妇！谁要你这样摔摔板板。

嫂　你倒管他扯蛋，如今的年轻人，哪个不是这样大胆？

母　唉！你还不知我那糊涂老汉，他听见人家保官在外面做官，常常骂我们那没出息的黑蛋，黑蛋媳妇一听见就要变脸。如今的年轻人，谁还敢管？咱们从前对着公婆谁敢？那末大个老汉，见着儿媳妇还得把性子改变改变？

嫂　不过黑蛋他爹，说起话来也太麻烦。

母　凭良心说也不能尽怨老汉，上了那么大年纪，老胳膊老腿不想动弹，什么事也得他管。幸亏我还有个白蛋，地里的粗活都还会干，要不一家人早就没处吃饭！

嫂　你不能让你白蛋跟上人家保官到天津纱厂去纺线？

母　咱白蛋那痴眉瞪眼，哪里会给人家纺线。

嫂　好干！好干！你不看东院里的王官，南院里的小软，前庄的小二、小三、疙疸、小板、兴旺、来拴，哪个不是痴眉瞪眼，都不是今年夏天跟着保官到天津纱厂去纺线。

母　不过听说那里的活儿又很难干，一伙子走了半年，到如今书也不见，信也不见，吓得老人们心惊胆战，前天来拴他娘不是在庙里烧香许愿？！

【黑蛋爹上与保官打帘，保官也上。

保　烧什么香，许什么愿，他们都很平安，我给他们家家带着信件。

母
嫂　回来了，保官。

父　（向保）坐下，良鉴！（回头向二嫂及母）女人们只知道乱喊，你不知道李家少爷大号良鉴！（取茶壶）

嫂　呀！呀！谁有你老汉见过世面。

【父出外取水。

嫂　（低声与母）看一看，看人家保官！这大冷的冬天，人家的领口还往外卷！看人家的口袋里的黑漆烟管，看！看！看人家的胸前的金绳绳一幌幌的打闪，（转向保）良鉴！听说你回来带了几万。

保　没有什么，不过随便回来看看。

【父提水上与保倒茶，群众跟父上。

群甲　好冷的天。

群乙　老汉你这里可有笔砚了？

母　干什么用笔砚？

父　报名，开单，他们都要去天津纱厂纺线。

保　用不着笔砚。（拿出钢笔和笔记簿准备开单）

嫂　良鉴！你怎末能给这样多人找下事干？

父　你们女人家见识太浅，人家是委员，又认识天津纱厂老板。

保　这不算什么稀罕，我既然能在外面吃碗饭，对乡亲们都要顾盼顾盼。

母　你就不能顾盼一下我那黑蛋？

保　我这次在省城还跟他见了面，不过他老兄有点偏见，虽然给他找下事，他也不干。

父　不干！不干！他只能讨饭，我前辈子不知和他结下什么仇冤，早知道他是那末下贱，我连一天书也不给他念。

母　你这穷老汉，动不动就说他下贱，说他讨饭。都是你那张穷嘴，封得他没有事干。

父　好！我说他要作官，

群　算！算！老两口不要争辩。开单，开单！

父　先写我的白蛋。

母　就剩下个白蛋，再不能让他跑那末远。

父　难道说我情愿？还不是为了挣几个钱？

母　挣钱？王官、小软、来拴他们不是走了半年，也没见他们捎来个钱。

保　那不能看眼前，他们出去都是一条光杆，没有一点底垫，一天起来要吃要穿，小房子也得一间，就算有几个钱，还能不顾一下身面？今年捎不来钱，到明年你再看。

【小乱上向母。

乱　大奶奶！大奶奶！你快去小屋子窗窟窿看看，黑蛋婶婶也不知道拿的是绳呀是线，尽管在她那脖子上乱缠！

母　啊！说得她还要上天！（跳下跑出去）

嫂　快点，黑蛋的媳妇寻了短见！（跳下跟母跳出）

父　讨厌！偏趁着人多，给我丢脸。（也跑下）

群　黑蛋媳妇寻了短见，咱们也去看看。

【都跑下去，只留下保官。

保　讨厌，乡下的女人只知道死呀活呀，闹着玩。

保　（向外）你们都不要散，等我吃了饭，来了再办。（套上笔也走了）

【台后人声杂乱。

"白蛋！快些，先把绳子剪断！"

"不相干！不相干！你不看她嘴也动弹，眼也动弹，快弄些开水来灌灌。"

【一阵哭叫。

嫂　（扶黑蛋媳妇上，坐床上，众人也跟上）傻孩子，婆婆说你不该摔摔板板，你也不该去寻短见。

母　（上）是我管教得太严，媳妇一点也不得方便！

媳　与她老人家什么相干？是我自己觉得羞惭，没有嫁到个好汉！

嫂　你千万不该那样打算，只要蒙着头往好里盼，总有一天时来运转。

媳　什么时来运转，苦命人一辈子也望不见天！

嫂　有什么闷气说说散散，不要往肚子里多攒，为人总得知道自解自劝！

【内：回来了？黑蛋！快回去吧！你媳妇寻了短见。

群　不要跟老汉闹着玩，（黑蛋上）呀，真是回来了个黑蛋。

群　回来了黑蛋，黑蛋在路上走了几天？

群　黑蛋！道上乱不乱？

群 黑蛋！就没有人与你作伴？（高声）

黑 （群众吵时，黑蛋一直应酬，答应）相跟了个来拴。

群 在那儿？

黑 还在后边。

嫂 来拴不是在天津纱厂纺线？

黑 纺线？他才是遭了一场大难。

父 人家是遭了一场大难，你是作了大官？

黑 你就只认得作官，

父 好！好！你去讨饭！

母 你还说讨饭，不是因为说讨饭，逼得人家媳妇寻了短见！

黑 （向妻）寻什么短见？

妻 亏你问得有脸？你在外面住得那么安然，别人的死活你那里还管？

黑 人家谁就不上外边，难道叫我每天看你几眼？

妻 谁要你看？人家的男人都会弄钱，偏偏你不给人争脸，叫人家一个下贱，一个讨饭，成天对着我揭短。

黑 那算什么短？真讨了饭那有什么下贱，我看日本鬼子把咱这地方一占，大家谁不讨饭？

父 自己不会挣钱偏要扯那么远。你看人家保官，一年能挣几万，常是穿绸穿缎，哪像你大冷的冬天，破袍烂衫，看看多么体面。

黑 哼！他那样的事，我死了也不干。

父 我说你只能讨饭，你媳妇还说我是揭短，人家是天津的委员，你只能住在省城会馆。

黑　什么委员，不过是个汉奸，仗着鬼子的势力，招摇撞骗，我纵然忍着饥寒，那能像他那样下贱。

父　什么汉奸不汉奸，人家挣的是白花花的银元。

黑　我也不能卖着乡亲去干。

父　我不跟你辩，人家对乡亲顾盼顾盼。你怎说人家卖着乡亲去干。

黑　待一会你问一问来拴！

父　我倒问他扯蛋。

母　你这糊涂老汉，孩子回来又没喝水又没吃饭，你像搬倒了尿罐，一开口就嘟嘟个不完，不能停一会再管！

父　从小你就把你的小爹惯得上天，怨不得儿大不由爷管。

【话至此，僵局。

群　（即小乱之父）小乱，（小乱跑上）回去给我端饭。

乱　不！我还要看。

群　小小孩子比我还懒，端来了不能再看。（作打耳光势）长了十二三，还不如人家秃蛋。（小乱下）

内　回来了，来拴！

【来拴上，七嘴八舌问。

"回来了来拴？"

"回来了来拴？"

"走了几天？"

（较高音）听说那里活儿很难干？

来拴　（一手分开人）唉呀！危险！危险！咱们差一点不得见面，我操他保官的八代祖先！

嫂　纺线有什么危险？

来拴　那里是他妈的纺线，给日本那些忘八蛋修飞机场抬土抬砖。

群之一　抬土抬砖也没有什么难干。

来拴　你当是由着咱干，什么也得由人家鬼子指点，三百斤的土箩筐，看着叫你盛满，压得你浑身是汗，大张着嘴发喘，你敢立立，站站，后边就是皮鞭。

群之二　不会不给他干？

来　谁敢？人家有鬼子兵看管，你要一跑人家说杀就杀，说砍就砍，死了就把尸首扔在海河里边，叫你尸也不见，人也不见。

群之三　那么你怎么能逃出这场大难？

来　危险！危险！（稍停，想一想）还是今年秋天，有一天傍晚，该我们那班抬砖，我冒了个大胆，扔下抬杆，往那高粱地里一钻。

群之四　人家没撵？

来　怎么没撵，一直撵了里把远，还放了几粒子弹，后来我赶紧转弯，赶紧转弯，才算把他们背转，逃出来身上没有一个盘缠，讨了几个月饭，逃到省城，才算碰上黑蛋。

群　（问哥叔弟等）那么我×？

来　（一手分众）没有见，都没有见，一进去人家就把咱们的人都编乱，是熟人都不得见面。

群之一　我操他保官的祖先，咱和他保官无仇无冤，他为什么使黑心眼。

来　他给人家拉一个人二十块钱，一手过人一手过钱，他那还管别人的长短。

群之二　好他妈的毒辣手段。

群之三　他妈的话说的好甜，（学保）什么"对乡亲顾盼顾盼"，差一点二十块钱都把咱们卖到阎王殿。

父　天津不是咱们中国的地面？

来　中国地面！人家鬼子有什么师团、旅团，人家凭的是枪杆，咱的地面，哪里能由咱管？

母　你这糊涂老汉，还要先开上白蛋，你看危险不危险，人家把你卖到饭馆，你还只说候你吃饭。

父　我知道他是那么个坏蛋。

妻　人家可不是坏蛋，人家是委员，一年能挣几万，人家谁像咱只能下贱，只配讨饭。

保　（上，面对黑妻用手指着她）你就不嫌麻烦，什么下贱、讨饭，屁大的事也值得尽管争辩。

【小乱端一碗上。

乱　闪一闪！烫你们一下我可不管。

保　（回头看小乱，先看见来拴）那不是来拴？（说着从口袋内取出手枪）

来　我操你祖先！（上去抵住保的枪，群也上去，在混乱中，保开枪打来拴，打着小乱，来夺枪，大家将保抱住，小乱爬地上）

保　咱们走着看，说得你们还要造反。

众　是谁造反？你为什么拿我们卖钱？

众　你为什么打死小乱？

黑　不要和他争辩，拉到外边给他一粒子弹。

【从来手上抢过来手枪，众拉保下。

母　（夺住黑蛋手）黑蛋可不干，人命关天，谁不知他爹难缠。

父　（夺开手，黑下）什么人命关天，我不怕他爹难缠，他为什么要将咱白蛋卖钱，他为啥打死人家小乱，难道说王法只许他犯？

【外枪响，幕下。

图书在版编目（CIP）数据

赵树理选集/赵树理著. --北京：开明出版社，2023.1
（新文学选集）
ISBN 978-7-5131-7925-6

Ⅰ.①赵… Ⅱ.①赵… Ⅲ.①中篇小说-小说集-中国-当代
②短篇小说-小说集-中国-当代 Ⅳ.①I247.7

中国版本图书馆 CIP 数据核字（2022）第 229616 号

责任编辑：张慧明　程　刚

书　　名：赵树理选集
出版人：陈滨滨
著　　者：赵树理
编　　者：新文学选集编辑委员会
主　　编：茅　盾
出　　版：开明出版社（北京市海淀区西三环北路 25 号青政大厦 6 层）
印　　刷：三河市同力彩印有限公司
开　　本：889 * 1300　1/16
印　　张：9.75
字　　数：97 千字
版　　次：2023 年 1 月第 1 版
印　　次：2023 年 11 月第 3 次印刷
定　　价：21.00 元

印刷、装订质量问题，出版社负责调换。联系电话：(010)88817647